L'affaire
SOPHIE M.

« Dans l'histoire du monde, la famille vient avant le clan, le clan avant la tribu, la tribu avant le peuple. »

À ma famille et à mes deux enfants, Haya-Sarah et Ethan.
Y. P.

À Jonah, Avy, Elijah et à Cel dont le regard fixe mon horizon.
L. A.

« Ceci est une oeuvre de fiction. Les personnages et les situations décrits dans ce livre sont purement imaginaires : toute ressemblance avec des personnages ou des événements existants ou ayant existé ne serait que pure coïncidence. »

Ouvrage dirigé par Florence Pierron-Boursot

34-36, rue La Pérouse
75116 – Paris
www.hugopublishing.fr

ISBN : 9782755669763
Dépôt légal : juillet 2023
Imprimé par CPI BUSSIERE

Juin 2024

Lionel Abbo – Yohan Perez

L'affaire SOPHIE M.

Hugo Roman

PROLOGUE

Est-il possible d'oublier un enfant sur le chemin de ses vacances, comme on égare une glacière ou une vulgaire valise ? Est-il concevable de vouloir un bébé puis de changer d'avis et de l'abandonner, soit qu'il ne soit pas à son goût, trop bruyant, trop envahissant, malodorant ou pire, malvoyant, soit que son enfantement fût le fruit du hasard ? Que dit la société des parents qui préfèrent le couple à la famille ? Pourquoi, au mois de décembre 1951, Monsieur et Madame Rampeau ont-ils quitté la France pour le Kenya, accompagnés de leur jeune ange de neuf mois, et en sont revenus, un mois plus tard, les mains vides ? La véritable raison, nulle ne la connaît.

En Égypte, jusqu'au XVIIIe siècle, il était de coutume, lorsqu'un garçon naissait avec une malformation quelconque, de ne pas le nommer et de l'abandonner aux dieux du Nil dans un panier en osier.

En Chine, pour des raisons de quotas de natalité, certaines familles ne conservent que leur premier enfant. L'avortement étant proscrit, elles se débarrassent des suivants à la naissance.

Les poubelles des maternités de Shanghai sont remplies de nouveau-nés sans vie.

Dans certains États d'Amérique du Sud, une famille qui vit dans la pauvreté peut, si la mère donne naissance à des jumeaux, n'en conserver qu'un.

Dans toute l'Afrique subsaharienne, la naissance d'un albinos est signe de malédiction. Il est conseillé de le passer par les flammes avant la pleine lune.

En Inde, si le premier-né n'est pas un garçon, il est permis de ne pas le conserver.

Chez les Masaïs, on a l'habitude, lorsqu'un enfant est issu d'une relation adultère, de l'offrir aux lions. Dans la savane, ses cris attirent rapidement les prédateurs. Le sacrifice répare la faute.

Personne ne s'est ému de la demande du mâle blanc lorsqu'à l'aube, sous les acacias épars éblouis par les lumières violacées du jour, il a demandé à ses guides d'arrêter la Jeep au bord d'un lac. L'Européen paie cher pour que l'homme noir lui obéisse. À l'intérieur, la femme a essuyé quelques larmes à l'écart pour ne pas voir son rejeton mourir, tandis que son époux saisissait son corps, encore endormi, pour le poser sur son épaule. Il a demandé si des crocodiles rôdaient dans les parages. Le guide a opiné. Près de la source d'eau, il a trouvé un frêle arbuste qui ombrageait le sol et l'a posé à ses pieds avec son doudou, la tête recroquevillée sur les genoux, telle la servante Agar abandonnant son fils Ismaël dans la Bible. Puis il a regagné paisiblement la voiture et ordonné que le convoi reparte.

Plus tard, il a chassé l'antilope comme si de rien n'était. Plus tard, il a même fait l'amour à son épouse, dans leur lodge de luxe, avec une vigueur qu'elle ne lui avait jamais connue.

Plus tard encore, ils ont eu un enfant, qu'ils ont conservé, celui-là.

Jamais ils n'ont regretté leur geste. Ils l'ont effacé comme un mauvais souvenir. Jamais non plus, ils ne sont retournés au Kenya.

En France, leur abandon est passé inaperçu. Monsieur et Madame Rampeau ont perdu leurs familles respectives à la guerre. En 45, ils ont quitté Paris pour s'installer à Asnières-sur-Oise, près de l'usine de caoutchouc où Monsieur fabriquait discrètement des pneus pour les véhicules de l'armée nazie. Sa fortune et ses relations haut placées aidant, ils ont repris une vie normale. Un jeune couple sans histoire, qui cherche à se reconstruire après les horreurs de la guerre. Cet enfant, aucun acte de naissance n'atteste qu'il a existé. Aucun prêtre ne l'a baptisé. D'ailleurs, ses parents ne lui ont pas donné de prénom. Ils se contentaient, lorsque le bébé se trouvait encore à leurs côtés, de l'ignorer et de le nourrir, avant de réfléchir sur son sort.

On raconte qu'au pied des arbustes, parfois, apparaissent des miracles. Lorsque les crocodiles se sont réveillés de leur nuit, ce matin-là, leur proie avait disparu. Plus loin, allongé sur la cime d'un baobab immense, à l'abri des crocs et des griffes, somnolait l'ange. Comment s'était-il porté à une telle hauteur au-dessus du sol ? La réponse se trouvait tout près : une girafe au cou puissant mâchouillait des feuilles lentement. Lorsqu'enfin la petite créature s'assit sur ses fesses et ouvrit les yeux, la vue vertigineuse manqua la faire tomber. Le mammifère s'approcha en un éclair pour l'attraper par le col de son vêtement et le reposer à sa place. Le regard que la femelle au long cou lui porta à ce moment-là fut celui d'une mère à sa progéniture, un regard que l'enfant ne connaissait pas. Incapable de poser des mots sur sa peur, le bébé se mit à pleurer, longtemps, discrètement, afin de purger sa peine. Essuya ses larmes du revers de son avant-bras et sourit. Jamais le bambin n'avait vu un animal d'aussi près. La girafe se laissa caresser et posa son museau sur le ventre de l'enfant, tendrement. Un lien indéfectible se noua à cet instant précis, au milieu de nulle part, un lien contre-nature au beau milieu de ce que la nature proposait de plus beau.

Durant trois jours et trois nuits, la petite créature se nourrit de feuilles et de fruits, comme n'importe quel herbivore. Jusqu'au jour où les Masaïs l'aperçurent.

Au sein de la tribu, une fable prit forme. Un jeune ange, aux cheveux clairs et longs, vivait au beau milieu d'un troupeau de girafes, au nord de la réserve. Fille ou un garçon ? Nul ne le savait, mais après tout, quelle importance ? La girafe n'est-elle pas un nom féminin, quel que soit son sexe ? La nuit, on contait ses exploits aux fils et aux filles de tous âges pour qu'ils s'endorment. La légende de l'enfant des girafes était née.

La légende parvint rapidement au village des hommes blancs. On se mit à le chercher, à le traquer. On finit par retrouver sa trace.

L'enfant ne portait pas de nom, mais des vêtements aussi noirs que son regard. Nul ne connaissait son âge, mais sa taille et son poids indiquaient neuf ou dix mois. Depuis combien de temps cet être innocent vivait-il ainsi ? D'où venait-il ? Les médecins posèrent de nombreuses questions, mais le bébé ignorait comment y répondre.

Ils l'habillèrent. Ils l'alimentèrent. Ils lui apprirent leur langage. Ils lui offrirent un toit et un lit. Au sein de l'orphelinat catholique français de Saint-Jean, dans la ville de Lamu, la mère Françoise lui apprit à nager, à lire, à compter. Située au bord de l'océan Indien, cette grande maison de pierre fut bâtie par les colons afin de convertir les autochtones aux lois du Nouveau Testament. Depuis la fin de la guerre, elle servait de refuge aux sans-papiers, aux sans familles, aux sans-grade, aux traîtres. De nombreux Allemands venaient s'y cacher. Des pétainistes, aussi, qui avaient senti le vent tourner avant le débarquement des Américains. Entre les murs épais de la maison de Dieu, nul secret ne pouvait s'échapper. Toutes ces âmes perdues s'émerveillaient de voir un enfant à la peau nacrée grandir sous leurs yeux, parler le français, porter de beaux vêtements dentelés et dire les bénédicités sans accroc.

Ils lui donnèrent un surnom : l'enfant des girafes.

1

QUAND ON AIME, IL FAUT PARTIR

Vous êtes bien sur France Inter. Nous sommes le vendredi 16 décembre 2022. Il est 5 h 59. Tout de suite, le flash info d'Hélène Roussel.

Ses écouteurs connectés à la radio, le fil en plastique blanc pendu à son téléphone portable, la commandante divisionnaire Miller aspire le liquide sombre de sa vapoteuse pour la énième fois de la nuit. La nicotine maintient son corps fatigué en alerte. L'arôme caramel qu'elle a choisi ce matin masque l'haleine fétide de son palais. Debout depuis des heures, elle rêve d'une infusion au gingembre, d'un pyjama chaud, d'une couette épaisse. Ses phalanges gèlent tandis qu'elle porte à sa bouche une dernière vape. Sur le palier du dernier étage du 12, place des Vosges, elle prend son mal en patience en écoutant le dernier bulletin d'information.

On vient d'apprendre la disparition de l'une des personnalités préférées des Français. La chanteuse Sophie Marsault a été retrouvée morte hier à son domicile. Le parquet a immédiatement ouvert une enquête. Aucune information n'a pour le moment filtré sur les circonstances exactes de sa mort. Une conférence de presse devrait se tenir dans la matinée afin d'en savoir plus. Le président de la République s'est dit…

Derrière la porte, les gars de la brigade scientifique prennent leur temps. Faut dire qu'il y en a, des mètres carrés à analyser. Jamais la commandante n'a vu un endroit pareil. Le salon, à lui seul, est plus vaste que l'ensemble de son appartement. De grandes baies vitrées offrent une vue panoramique unique sur les toits de Paris. De jour, c'est sublime. De nuit, époustouflant. Chaque matériau, chaque objet, chaque pièce semble tout droit sorti du papier glacé d'un magazine de décoration haut de gamme. Comme ceux qu'elle feuillette lorsqu'elle rentre au milieu de la nuit, pour s'endormir.

Elle aimait bien Sophie Marsault. Pas un hasard si elle s'appelle Victoire, comme le titre éponyme de son premier album, *La Bombe*. À quinze ans d'écart, les deux femmes sont nées le même jour, un 12 novembre. Deux Scorpion. Deux femmes poisons, personnalités piquantes, grandes gueules, peur de personne. La même silhouette aussi, taille gracile, bouille innocente. La cheffe de service a les traits moins dessinés, des lèvres plus fines, la peau plus transparente. Les épreuves ont taillé des rides à la serpe sur son visage, mais ça ne rend sa beauté que plus fatale. Victoire Miller s'est souvent identifiée à Sophie Marsault, du moins à ce qu'elle en lisait dans la presse people. La vie décousue, les amours dramatiques, la passion d'un métier qui entrave le reste.

Elle a suivi sa carrière comme s'il s'agissait de celle d'une petite sœur, s'imposant d'aller voir ses concerts à chaque fois qu'elle le pouvait. L'artiste n'a pas toujours interprété les titres que son talent méritait. Mais elle lui a tout de même offert deux de ses chansons préférées, « Ne te détourne pas » et « Pour Sara ».

Ce lien d'affection particulier, chaque Française l'entretenait sans doute. La chanteuse faisait partie du paysage. Sophie Marsault, c'était la Française idéale. Belle et bonne vivante. Douce et sauvage. Talentueuse et râleuse. Une femme de cinquante-cinq ans, divorcée, libre, aux milles amants, aux deux mille vies qui auraient dû voir sa flamme s'éteindre docilement dans son lit.

À l'aide de son talkie-walkie, Victoire s'adresse aux équipes du service central de la police scientifique qui se trouvent à l'intérieur.

– Lieutenant, vous avez terminé votre relevé d'indices ?

– Plus que quelques clichés et on vous laisse la scène de crime, commandante.

– La piste criminelle se confirme ?

– Je vous le confirme. Vu le mode opératoire, je n'écarte pas non plus l'hypothèse islamiste.

– Entendu. Surtout, pas un mot à l'extérieur. On est sur un dossier ultrasensible qui va remonter jusqu'au sommet de la République. En attendant, aucun élément ne doit fuiter.

– Compris.

Personne ne mérite de terminer ainsi. Égorgée comme un mouton. Les yeux révulsés par la peur et la douleur. Sophie a sans doute agonisé de longues minutes avant de rendre l'âme. Consciente de sa fin tragique. La rétine souillée du regard de son meurtrier. Qui est-il, cet enfoiré qui a volé la vie d'une icône ?

Victoire brûle de le découvrir. Sa patience se consume plus vite que le réservoir de sa vapoteuse. Celle de ses supérieurs aussi. La place Beauvau, sous pression, la met sur ses épaules. Pas question de laisser dans la nature l'assassin de l'une des personnalités tricolores les plus populaires. Dès les premières minutes, cette histoire sordide est devenue une affaire d'État, dont tout le monde voudra bientôt se mêler. Les politiques. Les journalistes. Les éboueurs, au zinc du café du coin. En une fraction de seconde, la France va devenir un pays d'inspecteurs chevronnés, comme elle fut un berceau d'infectiologues du temps du Covid ou de sélectionneurs avisés lors de chaque Coupe du monde. Sur les plateaux télé, les éditorialistes vont passer la matinée à brasser du vent et à se targuer d'informations confidentielles qu'ils ne détiennent pas. Un vrai champ d'éoliennes.

La commandante divisionnaire se fiche pas mal de cette agitation, mais tous ces appels inutiles, toutes ces notifications, tous ces inconnus pressés qui patientent au bout du fil tandis qu'elle trépigne à la porte de Sophie Marsault, ça vide la batterie de son téléphone et ça remplit son réservoir d'irritabilité, comme deux vases communicants.

À voix basse, elle relit les premiers éléments de l'enquête. La serrure de la porte d'entrée, intacte. Pas de meuble déplacé, de placard ouvert ostensiblement, de coffre-fort fracturé. Le corps, retrouvé dans la chambre à coucher par la femme de ménage, dans une position étrange : le bras gauche collé le long du corps, le droit levé au-dessus de la tête, comme une statue qui ne retrouvera plus jamais sa liberté. Les membres ont été déplacés pour obtenir cette mise en scène ridicule. Victoire Miller prie pour que l'on retrouve des empreintes sur la peau de la victime. Ses mains et ses vêtements sont souillés de sang. Sophie Marsault porte un vieux 501 et un tee-shirt beige à col rond. Pas de trace d'agression sexuelle.

Juste une entaille de plusieurs centimètres sous la jugulaire, du sang séché sur le cou, formant une auréole obscure sur la moquette claire. Dans la pièce, un membre de la brigade scientifique a numéroté les quelques objets qui traînent sur le sol : un soutien-gorge couleur chair, un exemplaire des *Versets sataniques* de Salman Rushdie, une Sophie la girafe en caoutchouc, une paire de chaussons, une télécommande.

– Je vous ai apporté votre café, comme vous me l'avez demandé.

Essoufflé par la montée des marches, Gabriel tend une tasse en carton à sa patronne avec déférence. Elle soulève le capuchon en plastique et grimace.

– J'avais demandé un macchiato, pas un cappuccino.

Le jeune flic s'apprête à revenir sur ses pas, mais la commandante interrompt sa marche arrière.

– C'est bon, je vais m'en contenter.

Elle porte le liquide sombre et fumant à ses lèvres. Le goût de la caféine tapisse sa langue et réchauffe son gosier. Gabriel l'observe, comme s'il souhaitait s'assurer que la boisson lui convienne, ni trop serrée ni trop longue. Victoire trouve le garçon maladroit, intrusif, pot de colle, immature, *encore un coéquipier inutile*, se dit-elle. Victoire préférerait travailler en solo, mais elle n'a pas le choix. Pour avancer, il lui faut des jambes plus rapides que les siennes.

Ce que côtoie Victoire depuis quinze ans, ce sont les bas-fonds de l'espèce humaine. Ce que l'homme a de pire en lui. Certains ne sont pas prêts à cette confrontation. Gabriel ne tiendra pas plus d'un an, Victoire en fait le pari. On le lui a vendu comme un petit génie de l'informatique. Le genre qui résout des enquêtes sur Google. Putain de génération, qui a besoin d'un écran pour trouver la lumière. Au moins, celui-ci est docile. Grand, un bon mètre quatre-vingt-dix, pas désagréable à regarder, une mèche brune à la Clark Kent sur le côté, des épaules larges mais repliées sur elles-mêmes, il fait penser à un ange qui n'oserait pas déployer ses ailes. Le style vestimentaire laisse franchement à désirer, duffle-coat noir élimé aux manches, chemise blanche, pantalon à bretelles, mocassins bruns déformés par le temps. *Ce garçon n'a pas les codes*, pense Victoire. *Il va se faire écraser comme un vulgaire mégot de cigarette.* La commandante s'en allume une, celle d'après le café. La seule dont elle ne parvient pas à se détacher depuis qu'elle a décidé d'arrêter. Gabriel profite de ce moment de relâchement pour lui faire son topo.

– J'ai interrogé Madame Lopez, la femme de ménage. La pauvre est sous le choc. Elle travaillait pour Sophie Marsault depuis vingt-deux ans. Elle pleure tellement qu'elle est déshydratée. Entre deux sanglots, elle s'est montrée coopérative. À sa connaissance, seuls deux appartements sont occupés actuellement dans l'immeuble. Les autres appartiennent à des propriétaires étrangers qui n'y habitent que l'été et les louent sur Airbnb le reste de l'année. Au cinquième étage vivent Madame Jacquemot, la veuve de l'ancien ambassadeur de France au Kenya, une vieille dame de soixante-dix-sept ans, et son aide à domicile. Ils se sont endormis après le journal de vingt heures et n'ont signalé aucun bruit particulier cette nuit. Le parquet de la cage d'escalier grince ; quand il y a du passage, tout le monde l'entend. Rien de tel aujourd'hui. À l'étage du dessous logent les Zarafatan, un jeune couple et leur petite fille de deux ans et demi. Selon Madame Lopez, les relations étaient chaleureuses avec Sophie Marsault. Elle les invitait souvent à l'heure de l'apéro.

– Rien à signaler, donc. Vous avez demandé à la brigade des délits routiers de vérifier les caméras de surveillance des rues alentour ?

– Oui, ils sont dessus. En dehors de la rue Saint-Antoine et du boulevard Beaumarchais, le quartier n'est pas télésurveillé. Il faudrait demander à la mairie s'ils filment les rues adjacentes.

– Ils le font, c'est certain, même s'ils prétendent le contraire. Appelez Orsoni, à la mairie du 4e. Je vous envoie sa fiche. Réveillez-le, s'il le faut. Il y a urgence.

Dans le hall d'entrée de l'immeuble, un boucan d'enfer remonte jusqu'aux étages supérieurs. Des fans de l'artiste tentent de pénétrer à l'intérieur afin de rendre un dernier hommage à leur idole. L'époque est ainsi faite : des inconnus se battent pour porter le deuil d'une personne qu'ils n'ont jamais rencontrée. Bloqués par les forces de police, ils hurlent leur amour en même temps que leur désespoir. Des journalistes, micros pointés, tentent également de se faire une place pour capter la rumeur.

Le cordon de sécurité s'ouvre. Des bruits de pas approchent. Nombreux. Décidés. Bruyants. Autoritaires. Quelques secondes plus tard, Victoire Miller se retrouve face au commissaire Lachkar, accompagné de quelques sbires en costume-cravate.

– Que faites-vous ici, Victoire ?

– J'allais vous poser la même question.

Techniquement, le commissaire est son supérieur. Petit, trapu, un bouc autour des lèvres, le crâne dégarni, il porte sous les yeux les traces d'une nuit trop courte. Les joues rougies par la colère, il s'approche du visage de la jeune femme et parle un ton plus bas, afin que leur conversation échappe aux oreilles des membres de son équipe.

– Épargnez-moi votre sarcasme, Miller. Vous n'avez rien à faire ici, nous le savons tous les deux. S'il vous arrive quoi que ce soit…

– Je porte une canne, pas un bracelet électronique. Je connais le règlement, commissaire. Et je le trouve absurde. Injuste. Discriminatoire. Il est hors de question que je reste assignée au bureau jusqu'à la fin de ma carrière. Et le bleu, il faut bien le former. Il ne va pas apprendre le métier en rédigeant des rapports.

Agacé, le commissaire souffle son haleine fétide au visage de la commandante. Il baisse les yeux vers le sol, les ferme quelques secondes pour mieux réfléchir, ou prendre son élan, puis se redresse, sûr de son ordre.

– Rentrez chez vous, Victoire. Cette affaire vous dépasse. Le mode opératoire laisse peu de place au doute, vous le savez bien. Dans quelques minutes ou quelques heures, l'État islamique revendiquera l'assassinat d'une grande personnalité française au nom de je ne sais quelle vengeance. Nous en serons dessaisis, vous et moi, au profit du parquet antiterroriste. Ce meurtre ne sera plus de notre ressort.

– Thierry – elle l'appelle par son prénom pour l'amadouer, en référence à leur passé, à cette décennie d'enquêtes résolues avec succès, à la confiance qu'il lui a toujours accordée – Thierry, rien ne prouve qu'il s'agisse d'un acte terroriste. Ici, c'est mon secteur. Laissez-moi faire mon travail, je vous en prie.

La porte de l'appartement s'ouvre brusquement. L'équipe de la scientifique a terminé. Ils quittent un à un les lieux en saluant le commissaire avec déférence. Ils ont beau porter des combinaisons de latex protectrices, la commandante constate dans le regard de chacun d'eux les traces indélébiles que la scène de crime a laissées.

– Faites ce que vous voulez, conclut le commissaire Lachkar. Mais dès que je sifflerai la fin de la récréation, vous rentrez et je ne veux plus entendre parler de vous. Compris ?

La commandante lui adresse un sourire complice. *Ce que cette femme est belle ! Quel gâchis*, pense le commissaire en jetant un dernier coup d'œil à sa canne, avant de rebrousser chemin en empruntant les escaliers grinçants de l'immeuble.

En bas, les policiers municipaux ont évacué la foule. Un véhicule médicalisé, posté devant la porte d'entrée du numéro 12 de la place, attend que le corps soit descendu, pour l'emmener à l'institut médico-légal, dans le 12e arrondissement. La commandante Miller connaît bien le docteur Arik, qui pratiquera l'autopsie. Elle lui passera un coup de fil plus tard dans la journée pour connaître ses premières conclusions.

Avec Gabriel, ils pénètrent à nouveau dans l'appartement. La canne de la commandante laisse des traces en cercle dans la moquette épaisse. Ils ne touchent à rien. Juste humer une dernière fois l'atmosphère, s'imprégner de l'énergie des pièces, déceler l'anormalité, laisser leur instinct de flic les guider. Habituellement, la scène de crime bouleverse le quotidien. Ici, nulle trace de bagarre, de cambriolage, de tentative de viol. Juste du sang séché sur le sol. L'œuvre d'un professionnel d'une grande cruauté, qui déstabilise Victoire. Elle ne trouve pas le début d'une erreur à laquelle se raccrocher.

Pourtant, le compte à rebours a commencé. Les écouteurs toujours enfoncés dans les oreilles, Victoire Miller rallume la radio :

Drame cette nuit dans le 4e arrondissement de Paris. L'artiste a été retrouvée morte à son domicile. « Je n'ai pas de commentaire à faire pour le moment », a déclaré le commissaire Lachkar à l'AFP. Le mystère demeure.

2

LA BAIE DES SANGS

2016 – Six ans plus tôt

– Si on se mariait ?

Victoire Miller a vingt-huit ans. Avec Ben, ils forment un couple aussi bien accordé que les notes d'un piano. Ils se sont rencontrés il y a deux ans, dans une salle obscure du Pathé Masséna, avenue Jean-Médecin, à Nice. Elle y venait deux ou trois fois par semaine, le soir, après le service, pour se vider la tête. Toujours seule. Ils s'y croisaient souvent. Ben dirigeait le cinéma. Ils discutaient des sorties. Critiquaient les films. Racontaient la fin de ceux qu'ils n'avaient pas aimés aux spectateurs, dans la queue. Un jour, il lui a offert une boîte de pop-corn salé et y a glissé son numéro de téléphone. Vieux cliché de film romantique dont elle raffolait, il le savait. Elle l'a rappelé. Ils ne se sont plus quittés.

Aujourd'hui, elle porte son bébé et sur la Promenade des Anglais, ce 14 juillet, c'est elle qui lui demande de l'épouser, les yeux dans les yeux, sur la pointe des pieds pour atteindre ses lèvres perchées au bout de son mètre quatre-vingt-dix.

Victoire veut changer de nom. Ne plus s'appeler Miller, mais Vautier. Vivre dans un joli pavillon, sur les hauteurs de la Corniche Bellevue. Élever des enfants. Les accompagner à l'école Saint-Philippe, comme sa mère l'y emmenait petite.

À Nice, sa carrière est tracée à l'encre rouge du sang familial. Son père dirige le commissariat Foch. Il la favorise et ne s'en cache pas. Lorsqu'il prétend qu'elle est la meilleure OPJ de sa promotion, il n'a pas tort. Mais les dents des collègues grincent aussi fort que le parquet d'un appartement haussmannien. Elle finira par lui succéder, c'est une question de temps. Plus qu'un an ou deux avant qu'Antoine Miller ne raccroche les gants. Devenir grand-père l'y incitera sûrement.

Il a dit oui. L'a embrassée lentement, doucement, pour que le temps s'arrête. Leurs bouches se sont parfaitement emboîtées, leurs gestes, répétés mille fois, portaient le charme de l'habitude, de la routine, de l'immuabilité. Sa main droite posée sur sa joue, l'autre sur le bas de son dos, il l'a pressée contre lui, pour que jamais elle ne lui échappe. Tous deux, ils ont fermé les yeux, immobiles au milieu de la foule dense de la fête nationale, agglutinée au bord de la mer après le feu d'artifice qui a illuminé la nuit.

Il est 22 h. Enfermés dans leur bulle de bonheur, Ben et Victoire n'ont pas entendu les premiers hurlements. Le crissement des pneus du poids lourd sur le bitume. Le bruit des corps qui tombent. Le vrombissement du moteur qui se joue des obstacles pour prendre de la vitesse et écraser les passants. L'odeur du sang et de la panique. Lorsqu'ils rouvrent les yeux, il est trop tard. Le camion-bélier blanc fond sur le couple bien trop vite pour qu'ils puissent l'éviter. Dans un réflexe, Ben pousse Victoire vers l'extérieur de la Promenade, avant que le monstre métallique ne l'avale. La jeune femme tombe trois mètres plus bas, sur les galets gris de la plage. La hanche broyée par le choc. Inconsciente, mais vivante.

L'attaque dure dix-huit longues minutes. Ben Vautier compte parmi les 86 victimes, Victoire Miller est l'une des 458 blessés. Leur bébé n'a pas survécu, mais aucune liste ne le mentionne. Pour être inscrit quelque part, encore faut-il porter un nom.

3

OBJET PERDU

Vous êtes bien sur RMC. Il est 6 h 59 et ce jeudi 16 décembre, nous fêtons les Alice. Tout de suite, le flash info de Charles Magnien.

Sur les quais de Seine, les voitures endormies font déjà la queue, pare-chocs contre pare-chocs, noyées dans le brouillard opaque des pots d'échappement. Dehors, l'obscurité tarde à quitter le jour. Le froid glace la lune. L'hiver s'étale.

Le chauffeur Uber a roulé toute la nuit. Le parfum fétide de son haleine et du tabac froid imprègne l'habitacle de sa vieille Peugeot. Le petit sapin vert à l'aloe vera qu'il a accroché à son rétroviseur n'y change rien. Les bonbons à la menthe non plus. Ça chlingue. Ce genre d'odeur tenace, ça s'accroche à toutes les matières. Sur la banquette arrière, une petite fille de deux ans manque vomir dans les bras de son père. À la radio, les journalistes déversent des seaux d'angoisse sur les esprits encore engourdis qui les écoutent. *On vient d'apprendre la mort tragique d'une icône de la chanson française. Selon nos informations, Sophie Marsault aurait été retrouvée dans la nuit, dans son appartement, place des Vosges à Paris. Aucune information n'a pour le moment filtré sur les circonstances tragiques de cette disparition…* Le chauffeur écoute Apolline de Malherbe sur RMC. Les nouvelles sont mauvaises, d'où qu'elles viennent. Autant que ce soit de droite. Figés dans leurs sièges, Stéphane et Louise Zarafatan n'échangent pas un mot. Peur que la moindre conversation ne distraie le conducteur et ralentisse leur course. Ils doivent parvenir à destination le plus vite possible. Waze annonce une arrivée à la gare de Lyon à 8 h 45. Le train est prévu dix minutes plus tard. Ça devrait passer.

Vingt minutes plus tard, la famille Zarafatan peut enfin quitter le véhicule. Une fine bruine désagréable vient se poser sur les joues livides, le verre des lunettes, embuer les cheveux décoiffés par l'oreiller. Ça pleure, ça crie, ça râle. Les vacances commencent mal. *Ce chauffeur ne mérite pas plus d'une étoile*, se dit Stéphane quand ses bagages sont jetés avec désinvolture sur le bitume. Deux grosses valises noires, une poussette, qu'il se charge lui-même de déplier pour que Naomi s'y assoie le plus vite possible et quitte ses bras. Madame insiste pour que sa fille soit attachée. Stéphane ne sait jamais comment s'y prendre avec ses systèmes de fermeture ultra-complexes qui s'enchevêtrent les uns dans les autres comme des camisoles de force. Chaque fois, c'est un coup de chance qu'il parvienne à ses fins. Ce geste l'agace et ajoute une grosse goutte dans le vase de ses angoisses, qui menace sérieusement de déborder. Sa fille l'observe avec compassion tandis qu'il s'agite à genoux devant elle. Elle sent le stress qui suinte sur son front et serre fort sa girafe en plastique contre son cœur, pour se rassurer. Le temps file. Tic-tac. Tic-tac. *Le train à destination de Grenoble quittera la voie 23 dans quelques minutes. Appel aux derniers voyageurs : veuillez vous rendre sur le quai dès que possible.*

À l'intérieur, un monde fou. Une fourmilière en ébullition. Patchwork de couleurs criardes, blousons de skis fluorescents qui se croisent dans les allées. Des guides attendent, panneau à la main, que les membres de leur colonie de vacances les rejoignent. Des voyageurs pressés zigzaguent entre des grappes de groupes agglutinés sur le parvis, surfs rangés dans des housses impeccables, sourire aux lèvres, détendus. Nez en l'air, la famille Zarafatan se laisse guider par la signalétique des panneaux de la gare qui les mène à destination. Ils courent aussi vite qu'ils le peuvent sur le quai pour rejoindre leur voiture à temps, sous le regard contrarié du chef de gare.

– Pas eu le temps d'acheter les sandwichs, s'alarme Louise.

– Besoin d'un double expresso, renchérit Stéphane.

– Train s'envoler, crie Naomi.

Enfin, ils arrivent devant la porte de la voiture 5. Louise a acheté des billets de seconde classe. Elle entre avec sa fille à l'intérieur, à la recherche de leurs trois sièges, tandis que Stéphane se charge de transvaser les bagages. Son dos lui fait un mal de chien, mais il serre les dents en levant les valises puis la poussette au-dessus du vide, cet espace d'une dizaine de centimètres entre le quai et le wagon. Alors qu'il s'efforce de soulever son avant-bras aussi haut que possible, Stéphane se souvient de cette histoire de TER, trop larges pour entrer en gare, qui avaient forcé la compagnie ferroviaire à raboter les quais en 2014. Une erreur à cinquante millions d'euros. *Je parie que l'ingénieur responsable de cette boulette ne s'est pas fait renvoyer*, ironise Stéphane, tandis que le rabotage lui coûte un effort qu'il juge surhumain. Évidemment, les places se trouvent à l'étage supérieur. Louise ne fait jamais rien pour simplifier la vie de son mari. Il le note chaque jour un peu plus souvent, tandis qu'il s'échine à traîner le poids d'un âne mort le long des marches de l'escalier. Il sue à grosses gouttes dans sa parka de ski noir. S'extraire de son quotidien, quitter la ville représente un combat, une course d'obstacles où les petits désagréments s'agrègent les uns aux autres. Ensemble, ils forment un lourd collier de contrariétés qui pèse sur son moral. Tant d'efforts pour quelques jours de repos. Par chance, il reste un espace vide dans le porte-bagages. Cette place, Stéphane la prend comme un signe du Ciel. Enfin, la roue tourne. Il vient de gagner au Loto. Un tout petit Loto, mais un Loto quand même. Derrière lui, les autres passagers maugréent et l'envient. Stéphane traverse l'allée pour rejoindre sa femme et sa fille, le cœur un peu plus léger. Il s'affale dans son siège, histoire de marquer l'épuisement du mâle alpha, mais Louise et Naomi se fichent éperdument de l'épreuve qu'il vient de remporter.

– Tu as rapporté la Sophie de la petite ?

Sophie ? La girafe en plastique que sa fille emporte partout ? L'être le plus cher au monde à ses yeux, son doudou, son porte-bonheur, son ami imaginaire, son confesseur, son tranquillisant, celle qui dort à ses côtés depuis sa naissance, qu'elle a mordillée avec ses premières dents, léchée comme une glace, embrassée, coloriée de quelques taches supplémentaires afin de la reconnaître parmi ses semblables ? Non, il ne voit pas où elle se trouve, et pour tout dire, il s'en fout. Là, tout de suite, il échangerait toutes les Sophie du monde contre un double expresso. Mais il s'abstient de donner un avis que, de toutes les façons, les femmes de la maison ne lui demandent pas, et se lève, bon chien-chien, à la recherche de la girafe perdue.

– Elle doit se trouver dans la poussette, lui chuchote Louise, tandis que le train démarre et entame ce mouvement de gauche à droite qui fait tanguer tous les esprits téméraires qui, comme Stéphane, s'aventurent dans les allées au moment de la mise en marche.

Le jouet ne se trouve ni dans la poussette, ni dans le sac à langer, ni dans la petite glacière, ni dans les poches des blousons. Nulle part. Stéphane remonte minutieusement le trajet parcouru depuis la porte de la voiture jusqu'à son siège, il fouille sa mémoire à la recherche d'un indice, *quelle est la dernière fois que tu as vu Sophie ?* L'absence de caféine l'empêche de réfléchir sereinement, un épais brouillard recouvre encore la plupart de ses capacités cognitives. Il force ses pensées à se rassembler en un amas ordonné, comme les gamins en rang dans une cour d'école. Il a du mal à se concentrer. La petite pleure, forcément. Une crise de larmes continue, le bruit de la douleur étouffé derrière ses mains collées sur ce visage qui n'a connu que joies et satisfactions en vingt-quatre mois d'existence. Comment Naomi pourrait-elle comprendre ? Stéphane n'ose pas prononcer la vérité, *On ne la retrouvera pas*. Sophie a dû tomber sur les rails, dans l'interstice qui sépare le wagon du quai. Ou sur la route, à la sortie du Uber. Ou quelque part, dans les allées de la gare. Piétinée, déchiquetée, elle ne représentera plus pour personne que quelques grammes de plastique. Un homme de ménage la ramassera bientôt pour remplir sa poubelle jaune. Stéphane aimerait pouvoir expliquer tout ça à son enfant. Elle est en âge de comprendre. La surprotéger ne mène à rien. Mais autant déclarer tout de suite la guerre à sa mère, louve protectrice qui lui boucherait aussitôt les oreilles pour l'enfermer dans son cocon de coton, à l'abri des misères du monde. Alors, Stéphane simule. S'il le pouvait, il déclencherait l'Alerte enlèvement, le plan ORSEC, un message à l'attention de tous les passagers. *Forte récompense offerte à celui ou celle qui rapportera son animal en plastique à ma fille.* Il alpague le contrôleur – « On ne vous aurait pas rapporté Sophie la girafe ? » –, inspecte les sacs des autres voyageurs avec suspicion – *Et s'il s'agissait d'un simple vol ?* –, commande sur Amazon une autre Sophie, plus jeune, plus blanche, plus belle, qui sera dès demain à leur hôtel. Merci Jeff Bezos. Pendant ce temps, Louise promet monts et merveilles à Naomi : glace, crêpe, gaufre, Dragibus, M&Ms, Barbie disco, IPad, maison de poupée, tricycle, cabane en bois, week-end à Disneyland. Stéphane écoute son budget vacances exploser sans un mot. Sophie la girafe va lui coûter le prix d'un safari.

4

GARE DE LION

Vous êtes bien sur Guituamba FM, la première radio francophone d'Afrique, en compagnie de Patrick NGuéma Ndong et son équipe. Il est 7 h 10. Tout de suite, le bulletin d'information de ma chère consœur Eugénie Diecky, et juste après, nous aurons la chance d'écouter les Kenya blue stars…

Au premier sous-sol de la gare de Lyon, l'homme de ménage en charge du Hall 2 franchit la porte réservée au personnel d'entretien et retire le masque FFP2 qu'on l'oblige à porter depuis la hausse de l'épidémie de Covid et l'arrivée du nouveau variant Delta.

Peu importe son nom, ses papiers ne sont pas en règle. Sa carte de séjour périmée indique que Joseph Lion Okumu a vingt-six ans, mais il en a bien plus. Il a débarqué en France il y a huit ans. Huit ans qu'il n'a pas revu sa femme et ses enfants, restés au pays.

Il travaille au service Propreté depuis trois ans. Équipe de la matinale. Casque vissé sur les oreilles, il déambule dans son secteur, du lundi au vendredi, à la chasse aux déchets.

Vider les poubelles, ramasser les papiers, nettoyer les surfaces de contact. La répétition fait partie du métier. Elle ne le dérange pas. Joseph Lion a appris à ne plus se formaliser de la négligence des voyageurs. L'invisibilité l'arrange bien. Il a la hantise des contrôles d'identité.

Enfermé dans sa bulle, il apprend le français en écoutant la radio francophone africaine Guituamba FM. Ils y passent souvent de la musique kenyane et des tubes de son enfance qui lui rappellent sa vie au pays. Il a dû quitter sa terre pour subvenir aux besoins de la famille. À Nairobi, il n'y a pas de travail. La pauvreté et la violence pullulent. Il n'avait pas le choix. Il ne le regrette pas. Mais il espérait qu'en France, sa vie serait plus douce. Les premiers mois, il a tout fait pour rapatrier sa femme à Paris, mais aujourd'hui, il ne le souhaite plus. Il ne veut pas qu'elle le voie comme ça, un pauvre type qui bosse à la voirie, un moins-que-rien qui traîne au pied de l'échelle sociale. À dix mille kilomètres de distance, elle l'imagine comme un homme qui a réussi en Europe, capable de lui envoyer plusieurs centaines d'euros par mois via Western Union. Il sent de la fierté dans sa voix lorsqu'elle lui parle au téléphone. Cette fierté, c'est tout ce qui lui reste.

Le service achevé, Joseph range son caddie dans un vestibule prévu à cet effet. En période de vacances scolaires, il vide en moyenne deux fois plus de poubelles que d'habitude. La fatigue menace, son dos tire à force de se baisser, mais l'homme serre les dents. Les arrêts maladie, les grèves, les jours de repos, pas pour lui. À ses côtés, sur la vieille table qui lui sert à plier son uniforme de travail, traîne une sacoche noire, sa *boîte à secrets*. Il y range tous les objets perdus qu'il trouve sur son chemin. Une écharpe, un bonnet, un stylo-plume, un vieux téléphone portable, une paire de lunettes de soleil, un livre, un bracelet, un boîtier d'AirPod. À chaque jour, sa moisson. L'homme aime contempler ces bouts d'existences égarées. Imaginer les vies qui y sont attachées. Il n'en conservera aucun. Aujourd'hui, il a même retrouvé une de ces fameuses Sophie la girafe, abandonnée près des rails de la voie 23. Un modèle inspiré de la girafe masaïe, qui vit près du village de son enfance.

Il a longuement hésité à la glisser dans sa poche pour la rapporter chez lui. Mais risquer sa place pour un objet en plastique, le jouet n'en vaut pas la chandelle. Il signe le registre et remet le contenu de sa sacoche dans le carton prévu à cet effet, rempli par ses collègues depuis la veille. Il jette un œil furtif à l'intérieur, mais ne veut pas se laisser tenter. La présence d'un portefeuille risquerait de le faire défaillir. La légende raconte qu'avant son arrivée, celui qui tenait son poste est tombé, près du Relay du Hall 2, sur une enveloppe kraft contenant en petites coupures l'équivalent de plusieurs années de salaire. Après ça, on ne les a jamais revus, ni lui ni l'enveloppe. L'homme scotche consciencieusement le lourd carton et y inscrit au stylo-feutre noir la date. 20 décembre 2021.

Puis il s'en empare, pousse la porte de la salle réservée au personnel avec son épaule droite et sort sur le parvis de la gare, où l'attend une camionnette blanche siglée au nom de sa société de nettoyage. Tous les matins, à 8 h, il achève son service en se rendant à la préfecture de police de Paris, rue des Morillons, afin d'y déposer la précieuse récolte du jour. Chaque fois, son cœur bat un peu plus fort. Il a le sentiment de se jeter dans la gueule du loup. Un de ces quatre, l'un des gentils gardiens de la paix qui l'accueillent d'habitude sera mal luné, ou plus méfiant, et lui demandera ses papiers. Son titre de séjour périmé ne lui sera alors d'aucune utilité ; il perdra son emploi et sera renvoyé au pays, menottes au poignet, par le premier charter. Mais chaque fois, un miracle se produit, l'agent ferme les yeux, lui sourit comme s'ils partageaient le même sang impur et récupère le colis sans poser de questions. L'homme suit des yeux le carton avant que la porte ne se referme. Puis il rentre chez lui à pied, son casque toujours vissé sur les oreilles. Malgré le froid, il n'aime pas utiliser les transports en commun. La peur de s'y faire contrôler, toujours.

Dans la minuscule pièce où sont entreposées les prises du jour, personne n'a droit de toucher au carton avant l'arrivée de Sophie. Le cheveu brun touffu, visage d'ange, regard absent, des billes noires à la place des yeux, les lèvres fines, un corps tout frêle qui flotte dans son uniforme trop large, la jeune femme démarre son service à 8 h 30 précises. Jamais en retard, dix-huit ans de service, elle est à la fois la plus jeune et la plus ancienne des employés des objets trouvés. Sophie Malkowski est spéciale. Une jolie étiquette pour masquer sa maladie. Diagnostiquée Asperger à l'âge de douze ans, elle est rapidement sortie des circuits traditionnels de l'Éducation nationale pour échouer là, tout aussi oubliée que les objets abandonnés à qui elle a dédié sa vie. Jamais un membre de sa famille n'est venu la réclamer ou prendre de ses nouvelles. *Seule* est l'un des adjectifs que la langue française a le plus employés pour la qualifier dans la bouche des autres. Au fil des années, les collègues ont formé autour d'elle un joli cordon d'amitié. On la chérit, on la célèbre, comme une mascotte, une gentille petite femme dont il faut prendre soin. Mais à la fin, quand la journée de travail s'achève et que chacun rentre chez soi pour retrouver époux, enfant, amis, grands ou petits, Sophie emprunte la ligne 7, se retrouve face à elle-même et n’a rien à se dire.

8 h 30. Malkowski se trouve à son poste, prête à ouvrir le carton du jour d’un coup de cutter, l’œil gourmand comme une petite fille au pied du sapin de Noël. Dans le monde réel, on la considère comme une handicapée, une personne déficiente, marginale, inadaptée. Mais ici, elle devient le génie de la lampe, qui illumine les autres de ses talents de conteur. Le lieu est lugubre. Un sous-sol, mal éclairé au néon, à deux pas du square Georges-Brassens. Pas de fenêtre. Une caverne d’Ali Baba du pauvre, remplie de trésors oubliés, égarés, abandonnés ou recherchés en vain. Classés par ordre d’arrivée sur de larges et hautes étagères le long d’allées étroites qui paraissent interminables. Sophie en connaît le contenu par cœur. 8 486 portefeuilles. 6 243 téléphones portables. 4 567 sweat-shirts. 59 chaussures sans paire. 3 122 permis de conduire, dont dix appartenant à des Martine. 7 997 cartes d’identité. 357 passeports. 3 089 sacs à main, à dos ou à roulette. 1 212 cartes bancaires. 291 chéquiers. 761 cartes de fidélité. 750 cartes Vitale. 7 499 cartes de bus. 45 cartes grises. 1 118 parapluies. 286 bagues. 49 colliers. 188 alliances. 1 montre Seiko. 3 787 trousseaux de clés. 9 342 paires de lunettes, dont 1 899 de soleil. 226 appareils photo. 1 godemiché. 3 voitures télécommandées. 566 doudous. 3 103 chargeurs de téléphone. 1 254 cartes Pokémon. À chaque nouvelle arrivée, l’agent met à jour sa liste dans son esprit où tout est rangé, ordonné, logique. Elle est capable, en un clin d’œil, d’analyser le contenu d’un carton et de détailler, à l’objet près, ce qui s’y trouve. Dehors, ce pouvoir magique devient parfaitement inutile. Ici, il fait d’elle l’employée

idéale, la rencontre symbiotique d'un métier et d'un handicap. Tandis que ses collègues profitent de son talent pour taper le carton et se tourner les pouces, Sophie range précieusement chaque objet orphelin à la place provisoire qui lui revient. Date, lieu, description, valeur potentielle, état, elle précise la fiche d'identité de chaque chose perdue comme s'il s'agissait d'un enfant qui retrouverait bientôt ses parents. Seuls 25 % de ceux qu'elle range seront effectivement récupérés par leur propriétaire, elle le sait bien, mais s'abstient de le dire à haute voix, de peur que les objets l'entendent.

À l'abri des regards, elle a enfoui l'un d'entre eux dans sa poche et se rend discrètement au fond de l'immense pièce d'inventaires, là où depuis le XIXe siècle sont exposées les plus belles trouvailles du service. Dans ce recoin de quelques mètres carrés se trouve un musée insolite qu'aucun touriste n'a jamais visité. Exposé dans des vitrines en verre, à l'abri de la poussière, chaque bibelot y raconte une histoire à dormir debout. Une robe de mariée abandonnée dans un taxi par une femme étourdie, un sabre de pirate, un crâne d'alligator, une combinaison en latex, des pierres du World Trade Center, des médailles de guerre, des urnes funéraires. Et puis, derrière un rideau rouge que personne ne franchit jamais, une pièce sombre et étroite où sont entreposés de vieux cartons abîmés. Sophie allume une petite lampe de poche et la pose sur son front, exploratrice de l'infiniment oublié. Elle ouvre une minuscule boîte noire de la taille d'une boîte à chaussures d'enfant, au fond, collée contre le mur. À l'intérieur, sur un tapis de papier bulle transparent, elle y pose délicatement un exemplaire abîmé de Sophie la girafe, puis referme le couvercle et retourne au comptoir, dans l'indifférence générale, plus invisible que l'homme invisible.

Au premier étage, la salle d'attente. Une dame âgée patiente depuis près d'une heure. D'ordinaire, l'un des employés du service se charge d'emmener ceux qu'ils surnomment les *réclamateurs* au sous-sol, à la recherche de leurs précieux biens. Mais lorsque Sophie est de service, les autres traînent en pause plus que de raison, les cigarettes s'enchaînent sur le trottoir de la rue Dantzig, on boit des bières à la santé du petit génie, celle qui s'occupe de tout, puisqu'ils ne font rien. Entre eux, ils l'appellent Asperge, comme Asperger, et aussi parce qu'elle est longue et verte, à force de ne traîner que dans des lieux dépourvus de lumière du jour. Ils se moquent gentiment, affectueusement, de son super-pouvoir inutile. Sophie ne sait ni voler ni se téléporter. Elle scanne et mémorise. « Comme une putain de machine », rigolent les autres en avalant une dernière gorgée. La journée de travail touche à sa fin. La nuit avale l'après-midi, obscurcit la rue, la température refroidit l'air qui sort de la bouche des passants et forme des traînées de fumée qui se croisent. Les néons de la ville remplacent le soleil. Les lumières des fêtes de fin d'année décorent les arbres de mille couleurs artificielles. Il est temps de rentrer se réchauffer.

À l'intérieur, la vieille dame est effrayée par cette jeune femme qui ne la regarde pas dans les yeux et se tient face à elle, droite comme un pic, sans montrer aucun signe de compassion.

– Bonjour, jeune fille. Je suis Madame Jacquemot. J'ai perdu une alliance. Celle de mon mari. Je pense l'avoir égarée au cimetière Montparnasse. C'est tout ce qui me reste de lui, après quarante ans de mariage. Peut-être vous l'a-t-on rapportée ?

– 188 alliances se trouvent actuellement entreposées ici, 54 en or jaune, 79 en or blanc et 55 en toc.

L'intonation de Sophie, mécanique, métallique, la fait passer pour un humanoïde glaçant. *Ils sont déjà là*, pense tout bas la vieille dame, adepte des théories du grand remplacement.

– La mienne est en or jaune.

– Parmi les 54 alliances en or jaune, 37 sont gravées. Quand l'avez-vous perdue ?

– Ça date d'il y a quelques temps. Au mois d'octobre, il me semble. Je rendais visite à sa tombe, afin de la nettoyer des déjections acides des pigeons qui traînent au-dessus de lui. Je porte toujours son alliance à mon doigt. Lorsque je suis rentrée, ce jour-là, je ne l'ai plus trouvée.

– Au mois d'octobre, 12 alliances ont été rapportées à la rue des Morillons, dont 4 en or.

– Formidable ! La mienne ne porte aucune gravure, mais deux petits points sur la face extérieure.

– L'alliance de votre mari a-t-elle coûté moins de cent euros ? Si c'est le cas, vous devez vous adresser à Dupond et fils, le brocanteur qui rachète tous les objets de faible valeur que personne ne vient réclamer. Il se trouve rue de Clignancourt. Vous trouverez facilement son numéro dans l'annuaire ou sur Google. Connaissez-vous Google ?

– Cette alliance valait bien plus de cent euros, Mademoiselle.

– En êtes-vous sûre ?

– Comment osez-vous ? Je veux parler à l'un de vos responsables !

– C'est bon, je gère.

Karim, qui s'occupe habituellement de l'accueil, repousse gentiment sa collègue à sa place, dans l'ombre, afin de reprendre le fil de la conversation avec la vieille dame offusquée.

– Bonjour, Madame Jacquemot, comment allez-vous aujourd'hui ? Je suis désolé, mais on ne nous a toujours pas rapporté votre bague.

Karim est beau garçon, mais *sa peau est trop brune. Ils cherchent à me spolier*, pense la septuagénaire, également adepte des théories du complot.

À la vitesse d'une tortue unijambiste, elle quitte la salle sans demander son reste, persuadée que cette société n'est plus la sienne, que l'or de son alliance a été fondu quelque part pour enrichir un pouvoir obscur, que la France a perdu son identité le jour où elle a laissé ceux qui n'en ont pas traverser ses frontières. Elle rentre chez elle, 12, place des Vosges. Cinquième étage. Juste au-dessous de l'appartement de Sophie Marsault. Voilà deux jours qu'elle ne dort plus, la faute au boucan des différentes brigades de police qui se relaient, au-dessus d'elle, à n'importe quelle heure du jour ou de la nuit. À la recherche d'indices, les uniformes ne se soucient guère du bruit de leurs pas sur le parquet. *Bon sang, ce que cet immeuble est mal insonorisé*, maugrée la septuagénaire. Cette pauvre chanteuse, voisine avenante de surcroît, est probablement partie trop tôt, mais la vieille dame refuse de payer les pots cassés. Elle a besoin de calme pour terminer ses grilles de Sudoku. Et ces fichus flics, incapables de retrouver l'auteur d'un meurtre perpétré en plein centre de Paris, ils pourraient au moins l'aider à retrouver son alliance. Depuis que son mari est mort, elle a le sentiment que le pays s'est effondré.

Rue des Morillons, quelques minutes plus tard, Karim rejoint Malkowski au fond de la salle d'inventaire. Tête baissée entre ses jambes, accroupie dans l'allée B, elle se tord les doigts pour expier sa honte. Elle a effrayé un usager, une fois de plus. Une fois de trop. Son inaptitude aux relations sociales lui pèse terriblement. Elle a le sentiment de faire des efforts surhumains pour s'adapter aux autres, et en un instant, une erreur de jugement la fait chuter, chaque fois plus lourdement.

– Faut pas que tu t'en fasses, le rassure Karim en s'affaissant pour se mettre à sa hauteur. Tout le monde t'apprécie ici. C'est ce qui compte. Rentre chez toi maintenant. C'est l'heure de la fermeture.

Il pose sa main sur son épaule et ce simple contact physique suffit à réchauffer le cœur de Sophie. Personne ne la touche jamais. Elle lève la tête pour admirer le visage de Karim. Son nez droit, ses yeux noirs, sa peau lisse, ses lèvres parfaitement dessinées, les fossettes qui apparaissent et disparaissent au gré de ses sourires. Elle se sent amoureuse.

Redressée, elle se dirige vers la grappe de collègues qui se préparent déjà à quitter les lieux, puis rebrousse chemin brusquement.

– Avancez, je fermerai derrière moi. J'ai un truc à terminer.

Tandis qu'elle se dirige vers la salle des inventaires, il entend l'un d'entre eux demander discrètement :

– Karim, tu viens boire un verre avec nous ou tu préfères rester avec Rain Man ?

Puis la porte claque et le silence emplit les cinq cents mètres carrés qui la séparent de la sortie. Seule, la jeune Asperger se sent enfin tranquille. Elle n'a plus honte du regard que lui portent les autres, plus honte de ses maladresses, de ses oublis, de ses faiblesses. Seule, elle se sent mieux entourée.

Derrière le rideau rouge, elle s'empare de la boîte à chaussures noire qu'elle y a cachée, patiente encore quelques minutes dans l'obscurité pour être certaine qu'aucun collègue ne traînera devant l'entrée de la préfecture de police lorsqu'elle en sortira. Elle s'arrête devant l'urne à dons des orphelins de la police, sort un billet de vingt euros de sa poche et le dépose dans la fente, comme une compensation à son *emprunt*. Elle compte les pas qui la séparent de la porte, 47, puis ceux qui l'emmènent jusqu'à la bouche de la station Grands-Boulevards, 123. Chaque jour, elle emprunte le même métro, à la même heure, entre dans le même wagon, s'assoit à la même place. Si la place est prise, elle sort immédiatement et attend le suivant, jusqu'à retrouver son siège vide. Ce petit manège peut se prolonger jusque tard dans la soirée. La semaine dernière, elle est rentrée à 21 h 30. Une fois à l'intérieur, elle compte à nouveau les stations de métro, 11, le nombre de marches pour sortir du souterrain, 24, les mètres qui la séparent de son immeuble, 462, les secondes qui s'égrènent avant que l'ascenseur ne grimpe les six étages, 38. Enfin chez elle, elle respire à nouveau. 26. C'est, en minutes, le temps qu'elle met normalement pour rentrer. La routine la remplit de quiétude, contrairement au personnage principal de son film préféré, *Un jour sans fin*. Son rêve : être Phil Connors, dans la bourgade de Punxsutawney, le jour de la marmotte.

Sophie aime dérouler la filmographie de Bill Murray sur l'écran plat gigantesque qu'elle s'est offert pour Noël. Elle a vu *SOS Fantômes* des centaines de fois, connaît les dialogues par cœur, identifie facilement les erreurs, les mauvais raccords, les effets spéciaux ratés, mais cette verve, cette façon cool et insouciante de traverser l'écran, elle ne s'en lasse pas. Ce soir, elle a prévu une énième séance de *La famille Tenenbaum*. Devant un plat de lasagnes végétales, puisqu'on est jeudi soir. Son appartement est vaste, pour une femme seule. Ne pas avoir d'amis, ça fait des économies. Sophie vit au dernier étage d'un immeuble construit dans les années 70, dans le 9e arrondissement. Elle n'a pas de voisin de palier. De la fenêtre de sa chambre, on peut apercevoir le Sacré-Cœur, si on se penche un peu. Dans le salon épuré et sobre se trouvent un simple canapé gris, une table basse et, au mur, le portrait en noir et blanc d'une girafe du Kenya, signée du célèbre photographe Randall MacLeod. Pas de tableau, de photo, de souvenir, de bibelot inutile qu'on rapporte de voyage et qu'on oublie dans un coin. Collé au mur, un immense meuble en acajou grimpe jusqu'au plafond et assombrit légèrement la pièce. Deux portes coulissantes, scellées par une serrure, empêchent d'en admirer le contenu.

Sophie dépose son butin sur une chaise, allume la télévision et se rend dans la cuisine pour extraire son plat Picard du congélateur et le faire chauffer. De loin, elle entend la voix off d'un documentaire consacré au Kilimandjaro. Elle jette un œil à l'écran tandis que le micro-ondes tourne. Les paysages de la savane africaine sont hypnotiques. La caméra sillonne les lagons transparents de l'île de Mafia, se perd au-dessus des prairies tachetées d'acacias et d'animaux sauvages. Au loin, le crâne blanc et apaisant de la montagne semble trôner. Sophie se promet qu'un jour, elle s'y rendra.

Avant sa séance de home cinéma, la jeune femme doit ranger. Elle se lève, sort de sa poche un trousseau de clés et ouvre les portes du grand meuble qui lui tournait le dos jusque-là. Les petites LED fixées sur les étagères s'allument instantanément et laissent apparaître un trésor. Sur cinq étages, disposées côte à côte comme des trophées de chasse, une véritable collection de girafes en plastique retrouvent la lumière. Elles sourient à leur propriétaire, heureuses de la revoir peut-être, chacune à sa place. Elles sont toutes intactes, nettoyées, choyées, réparées. Ici, personne ne viendra les mordiller, les tordre, les tatouer au feutre indélébile. Personne ne les maltraite, ne les oublie, ne leur préfère un ours en peluche ou un dinosaure en Lego. Personne ne les dissèque, ne les entrouvre, ne les décapite. Ici, elles se trouvent dans un havre de paix, à l'abri de la férocité des enfants. Sophie a longuement hésité à la meilleure façon de les classer. Par année de fabrication, origine, vétusté ? Elle a finalement choisi une distinction à laquelle elle seule, peut-être, prête attention. Le numéro de série inscrit en minuscule sur la patte arrière gauche de l'animal. Elle connaît celui de ses protégées par cœur et vérifie le code de la nouvelle venue qui, dans la boîte à chaussures noire, patiente sagement avant de retrouver ses congénères. À la télévision, le documentaire de Randall McLeod s'est achevé. Sophie bascule sur le journal télévisé, dont elle écoute les dernières nouvelles d'une oreille distraite. Comme les girafes portent toutes le même prénom, Sophie a décidé de baptiser chacune de ses locataires d'un nom de famille différent. Des noms de tueurs en série. Ainsi, Sophie Lelandais accueille à sa gauche Sophie Dupont de Ligonnès. Sophie Louis sourit à Sophie Fourniret. Une par une, elle les astique, les décrasse, immortalise leur beauté sous une fine couche de vernis avant de les poser sagement à leur place. Devant elle s'expose la plus grande réserve de girafes en latex jamais vue en France. *2300*, pense fièrement Sophie.

Au journal télévisé de TF1, après les nouvelles politiques, Gilles Bouleau revient sur le fait divers qui agite la France depuis quarante-huit heures : *Le président de la République a annoncé des obsèques nationales afin que les Français puissent rendre un ultime hommage à l'interprète de* « L'arme à l'œil ». *Le mystère demeure autour des circonstances de sa disparition.*

Sophie interrompt son geste. Un chiffon blanc imbibé d'alcool dans une main, un jouet en latex naturel dans l'autre, elle se tourne vers l'écran de télévision, l'oreille attentive. Comme si c'était d'elle que le présentateur parlait.

5

Приятного аппетита

BON APPÉTIT

Moscou, 1 an auparavant – 20 novembre 2021

On entre dans le restaurant par une porte dérobée. Devant, un homme en costume noir imposant monte la garde. Aucune devanture n'indique où l'on pénètre. Le lieu n'est accessible qu'aux initiés, caché discrètement entre un palace et une boutique de luxe, dans une petite rue adjacente à la rue Malaïa Bronnaïa, dans le quartier Patriki. Les journalistes russes ont baptisé ce type d'endroit « *Temnaya Kukhnya* ». *Dark Kitchen*. On n'y dîne clandestinement qu'à condition d'y être invité. Le monde est divisé en deux : il y a les inconnus qui font la queue dans des lieux publics et les anonymes dont le nom figure sur des listes secrètes.

Des berlines rutilantes déposent des privilégiés dont les silhouettes disparaissent rapidement de la vue des passants. Un peu plus que d'habitude, peut-être. Ce soir n'est pas comme les autres. Un drame est survenu. Le chef du MariVanna est mort, subitement. Ses proches et quelques habitués viennent lui rendre un dernier hommage.

À l'intérieur, la salle ne compte que quelques tables. Les jours ordinaires, des cloisons amovibles isolent les convives les uns des autres. Cuisines et confidences ne font bon ménage que sous le signe de la discrétion. Pas d'anonymat cette fois. On lève son shot de vodka à visage découvert. Vladimir Mukhlin était un chef adulé. Il aurait apprécié que ses fidèles partagent un dernier repas autour de son cercueil tape-à-l'œil, rouge laqué outrancier.

Au-dessus des assiettes en porcelaine de Limoges, la salle se remplit de mille chuchotements. Le chef ne donnait plus de nouvelles depuis quelques jours. Impossible de réserver. Le numéro habituel ne répondait plus aux demandes impatientes. On le disait en mission spéciale pour le compte d'un ami oligarque, quelque part en Tanzanie. D'autres l'avaient vu en Floride, sur un yacht, au large de Miami. En réalité, Vladimir se trouvait à Moscou. Son corps abandonné sur le sol carrelé de la cuisine. Sans vie.

L'odeur. C'est l'odeur qui a fini par attirer l'attention. Un corps qui se décompose produit des gaz nauséabonds, du liquide de putréfaction s'échappe par ses orifices ; des mouches nécrophages, attirées par le mort, viennent y pondre pour que leurs larves puissent se nourrir des tissus mous. Il ne faut pas plus de quelques jours pour que ces charognards blancs et visqueux engloutissent le plus petit centimètre de peau sur les os du cadavre.

On prêtait à Vladimir Mukhlin une réputation de garçon sombre, de sale type. Un chef cuisinier peu recommandable, le genre que Bocuse récuse, brillant mais arrogant, toujours fourré dans de sales draps, à traîner ses casseroles dans les cuisines de l'argent facile. Il se faisait surnommer *L'Étoile noire*. Son talent aurait mérité que le guide Michelin la lui décernât, mais il choisit de le mettre au service du côté obscur. Chef attitré de garçons à la mauvaise réputation, il ravissait les palais de tous les vizirs de la mafia prêts à se payer son addition salée. Dans les bas-fonds du crime organisé, on se l'arrachait, on se le recommandait, on blanchissait de l'argent sur son dos en le couvrant d'or. Les poches remplies de cet argent sale, il ouvrit des établissements dans les plus hauts lieux de la planète. Le dernier en date : un restaurant à ciel ouvert, monté sur pilotis au milieu de la savane, à quarante minutes de Nairobi, tout près du Girafe Center. Une ode à la démesure, à son image.

Le corps de Vladimir, putréfié par le temps, n'a été réclamé par personne. Lorsqu'on fait partie de la Famille, mieux vaut ne pas en avoir.

Sa spécialité : cuisiner des mets interdits. Ortolan à l'armagnac, Tataki de dauphin rose, salade Caesar saupoudrée à la corne de rhinocéros, cocktail cocaïné, cœur de cobra palpitant dans l'assiette, steak de tigre du Bengale enrobé d'une feuille d'or, tartare de crocodile. Chez lui, on dégustait le goût de l'interdit. Il exauçait les vœux les plus extravagants, pourvu qu'ils tiennent dans une assiette.

Sa mort soudaine n'a surpris personne. Il jouait avec le feu depuis trop longtemps. Plus qu'une épée de Damoclès, c'est une putain d'armurerie qui flottait au-dessus de sa tête. Les flics, les Italiens, les Russes, les Marocains, les Saoudiens, les Tchétchènes, Interpol, l'EI, un paquet de gars armés s'intéressaient à ses affaires. On l'admirait autant qu'on le jalousait. On le soupçonnait d'empoisonner les ennemis de ses amis au GHB, d'être un espion à la solde du FSB, d'ajouter du porc dans les plats des serviteurs d'Allah, de diriger un réseau de call-girls zoophiles, de cuisiner pour le Premier ministre. Mais on se battait pour obtenir une place à sa table. On dépensait des sommes folles pour obtenir la chance de mettre en bouche les fruits défendus de sa carte. Chez lui, l'enfer avait un goût de paradis. Il va falloir trouver une nouvelle adresse, désormais.

Il l'a bien cherché, entend-on çà et là, entre le fromage français et le dessert local. Malgré les menaces de mort, Mukhlin se pensait invincible. Aucun garde du corps, aucune alarme, aucune arme. Au cas où. Ceux qui le cherchaient savaient où le trouver. L'adresse de son restaurant moscovite n'était un secret pour personne. Mais qui prendrait le risque de toucher à l'un de ses cheveux, qu'il avait nombreux, et de se mettre à dos ses admirateurs protecteurs ? Sa cuisine hors-piste demeurait son assurance-vie la plus sûre, en plus de sa carrure. Le gaillard, petit mais large comme un buffle, pesait un bon quintal. Il se pensait au-dessus des lois. Intouchable. Connecté. Et puis, ça a coupé.

Il se trouvait près de ses plaques de cuisson. Inanimé. À quelques mètres de son corps, on a retrouvé une fléchette empoisonnée. Dans la casserole, la viande que le chef ukrainien préparait a carbonisé. Vladimir cuisinait son plat signature, l'un de ceux qui ont attiré la curiosité des gourmets du monde entier. De la joue de girafe confite.

Aujourd'hui, la pègre pleure l'un des siens. On peut se trouver du côté obscur et broyer du noir. Les verres des convives sont remplis à ras bord de larmes de tristesse, qu'ils boivent cul sec pour oublier leur faiblesse. Pour beaucoup, Vladimir était bien plus qu'un chef, un ami, un confident. Il n'y a que dans son restaurant qu'ils acceptaient de se mettre à table. Il emportera ses secrets dans la tombe. Laissant ceux qui l'aimaient au fond du trou.

6

LA MORGUE VOUS VA SI BIEN

Il est tout juste 7 h. Ce matin, il fait –3 degrés à Mulhouse. Avant de retrouver Jacques Kessler pour un point météo, rappelons l'information du jour : selon nos confrères de Mediapart, Sophie Marsault aurait été assassinée. Le ministère de l'Intérieur n'a pour le moment pas réagi à cette rumeur. Alors Jacques, aujourd'hui, on sort les parapluies, n'est-ce pas ?

De grosses gouttes, poussées par un vent violent, tambourinent sur les baies vitrées de la piscine municipale. Dehors, l'obscurité enveloppe encore les rues. Quelques voitures éclairent de leurs phares l'opacité de l'aube. Le bruit augmente et diminue au gré des vagues, mais jamais ne cesse, nuisance douloureuse. L'ennemi se trouve aux fenêtres des Franciliens, prêt à leur glacer le sang. Quelle que soit l'adresse, le froid et la pluie ne font pas de quartier.

Dans le vestiaire des femmes, une enceinte crache les dernières informations tandis que Victoire Miller se déshabille. Elle se trouve seule, comme chaque matin ou presque. Plie ses affaires rapidement, enfile son maillot une pièce, ses lunettes en plastique trop serrées, son bonnet blanc. Met son téléphone portable sur silencieux, retire sa jolie montre Guess, le dernier cadeau de Ben. Elle ne porte jamais aucun bijou, ni bague ni collier, mais cette montre, elle y tient beaucoup. *Il suffit d'observer les mains d'une femme pour la connaître*, se dit-elle souvent lorsqu'elle interroge un témoin. Les ongles, longs ou rongés. L'absence ou la présence de vernis. Les nuances de couleurs, noir mystère, rouge désir, taupe discret. L'état, écaillé, dessiné, mal posé. Les phalanges sèches, rugueuses, ridées ou lisses. Les bagues, combien, quelle taille, à quel doigt, quel type, les alliances, les solitaires, les icônes de grands bijoutiers, tout est là. L'histoire d'une femme tient sur les doigts de sa main, fiancée, mariée, divorcée, un joli bijou pour chaque enfant mis au monde. Victoire ne se pare d'aucun apparat. Juste cette montre, qu'elle cache sous ses vêtements, dans le petit vestibule qu'elle referme à clé.

Aidée de sa canne, elle traverse lentement le couloir qui mène jusqu'au grand bassin. Le carrelage refroidit la plante de ses pieds. L'odeur du chlore envahit ses narines. Les deux maîtres-nageurs de garde lui font signe de loin. Ils ont appris qu'il ne sert à rien de lui proposer de l'aide. Elle la refuserait. Entre eux, ils surnomment Victoire *La sirène.* Il faut la voir nager pour se rendre compte à quel point elle se sent plus à l'aise dans l'eau que sur la terre ferme. À quel point la position horizontale lui sied mieux que la verticale. Sous l'eau, sa hanche se balance sans douleur. Ses jambes retrouvent leur vitesse de croisière. Sous l'eau, elle respire. Dans son couloir, elle enchaîne les longueurs de papillon ou de dos crawlé avec agilité et souplesse. Une heure. Une heure de liberté qu'elle s'offre chaque matin, avant d'enchaîner à nouveau son corps à cette canne qui ne la quitte jamais. Une heure durant laquelle

elle s'interdit de penser aux enquêtes, pas question de laisser les soucis la noyer, elle ne pense à rien, ou si à vrai dire.

Elle pense à son fils. Sans aucune nostalgie, aucune tristesse, elle imagine sa vie. Il aurait six ans aujourd'hui. En classe de CP, il aurait des copains, des copines, une console de jeux, une maîtresse jeune mais sévère, des devoirs, un maillot du PSG, une chambre toujours dérangée, un skate-board, un sourire à trous – à cet âge, les dents de lait mettent un temps fou à repousser –, des fossettes, comme elle, les cheveux bouclés, la peau douce, il refuserait les câlins, sauf le soir avant de s'endormir, dissimulerait des bonbons sous son matelas et une lampe de poche, pour lire des mangas en cachette. Elle pense à lui comme si, dans une vie parallèle, il était encore vivant. Comme si cet attentat ne s'était jamais produit. Elle pense à lui comme s'il continuait à exister quelque part, dans un monde qui lui demeurerait à jamais inaccessible. Souvent, elle imagine qu'ils se trouvent dans la même pièce. Que son fantôme se trouve là, près d'elle. Elle lui parle. Lui raconte des anecdotes. Son esprit a dessiné les traits du garçon qu'il était censé devenir. Jamais elle ne pense au bébé qui a disparu. Jamais.

Rhabillée, son blouson en cuir sur les épaules, les cheveux encore mouillés, la commandante commande un Uber et rejoint l'Institut médico-légal, où l'attend le docteur Arik pour le rapport d'autopsie. Le temps du trajet – 45 minutes pour effectuer 2,8 kilomètres, bienvenue à Paris –, elle remonte le fil des messages qui se sont accumulés sur sa boîte pendant la nuit.

À 1 h 05, Gabriel lui laisse un message désœuvré : les bandes des caméras de surveillance de la place des Vosges se sont effacées automatiquement. Personne, à la mairie, n'a pensé à les sauvegarder ; la scientifique ne pourra transmettre ses conclusions que la semaine prochaine. Bourdeau, le chef du service, se trouve en trek dans les Hautes-Alpes.

À 1 h 09, un SMS du ministre de l'Intérieur l'invite à assister aux obsèques nationales de Sophie Marsault.

À 1 h 15, son chargé de communication la convoque pour une réunion de crise, place Beauvau, afin d'obtenir les dernières informations de l'enquête au cas où il faille communiquer en urgence sur les circonstances réelles de la disparition de la chanteuse, avant que l'information ne sorte dans les médias.

À 2 h 20, Gabriel lui annonce que la DGSI a retoqué leur demande d'accès à la localisation d'éventuels fichiers S aux alentours des lieux du crime.

À 6 h 43, un chroniqueur judiciaire du *Parisien* cherche une source, même anonyme sur l'affaire, afin d'étayer l'angle de son papier *: Sophie Marsault, l'émotion cède la place à l'effroi – la chanteuse assassinée.*

Victoire ne répond à personne. *Ces hommes sont de grandes personnes, qui finiront par trouver la réponse à leurs interrogations toutes seules*, songe-t-elle en posant sa tête contre la vitre arrière du véhicule. Dehors, la pluie n'a pas cessé. On croirait que le ciel ne se remet pas de la disparition de sa chanteuse préférée.

Le docteur Arik illumine la pièce. Franco-libanais, il a la peau mate et le sourire *bright* des hommes sûrs de leur pouvoir de séduction. Chaque fois qu'ils se retrouvent, Victoire Miller se demande si les néons de la salle d'autopsie sont dotés de lampes à UV. Comme peut-on passer autant de temps dans une pièce sans fenêtre et avoir le teint hâlé d'un touriste en Grèce ? Elle n'ose lui poser la question de peur de le vexer. Le légiste est susceptible. Impossible de remettre en cause ses conclusions. Tout juste est-elle autorisée à poser des questions. Entre eux, le feu et la glace. Quand ils se croisent, l'air se charge de tant d'électricité qu'il y aurait de quoi ranimer un mort. Ils ne se détestent pas. Ils se cherchent, comme deux loups dans la même bergerie. Est-ce que cela a quelque chose à voir avec le fait qu'il y a trois ans, la flic a refusé les avances du médecin légiste ? Aucun des deux ne l'avouera. Mais rien dans leur relation ne paraît normal. L'ambiguïté se loge dans chacun de leurs gestes, chacune de leurs paroles. Lorsqu'ils sont réunis dans la même pièce, on se sent toujours de trop.

C'est sans doute ce que pense Gabriel, tandis qu'il s'approche de la table sur laquelle a été analysée la dépouille béante de Sophie Marsault, corps ouvert en deux, chair sans vie, sans âme, sans identité. Lui reste dans l'ombre des néons, personnage secondaire de la scène, à peine autorisé à y assister. Les voilà tous les trois réunis autour de l'interprète de *La Bombe*. Ambiance explosive.

– As-tu eu le temps d'avancer sur notre enquête, entre deux parties de tennis ?

– Ne plaisante pas avec ça, je prépare Roland-Garros.

– Le chef de l'État aimerait que le meurtrier soit retrouvé avant les obsèques de Sophie Marsault.

– Pourquoi, il compte l'inviter ?

– La rumeur enfle dans les rédactions. Le meurtre ne sera bientôt plus qu'un secret de polichinelle. J'ai besoin d'éléments pour faire patienter les politiques. Quelles sont tes conclusions ?

Le docteur Arik laisse passer quelques secondes. Il ménage son effet, ses dents blanches translucides brillent derrière son masque.

– Tu vas accoucher, oui ?

– Je suis légiste, pas obstétricien.

– …

– La forme nette de la plaie indique que l'arme employée était un couteau doté d'une lame droite, fine, particulièrement bien aiguisée. L'assassin n'a pas eu besoin de s'y reprendre à deux fois, vu la profondeur de la coupure. La plaie comporte une pointe haute sur le côté gauche, ce qui suggère que l'auteur du crime se tenait probablement derrière la victime lorsqu'il s'est approché pour accomplir son geste. Elle le connaissait suffisamment pour lui faire confiance et lui tourner le dos.

– Ou bien elle ne l'a pas entendu arriver ?

– Si tu le dis. En tous les cas, la plaie, positionnée dans la partie inférieure de son cou, montre que l'assassin n'a pas eu d'effort à accomplir pour sectionner artères carotides et veines jugulaires. Le cœur s'est arrêté net. La victime est morte sur le coup. Sans souffrance.

– Je vois. Des traces ? Un indice ?

– Pas la moindre empreinte. Il a tranché d'un coup sec. La limpidité du geste est rare, presque effrayante. Son auteur s'est entraîné de nombreuses fois pour parvenir à un tel niveau de technicité. Je ne connais personne qui maîtrise l'arme blanche à ce point.

– Un schohet.

La voix paraît venir de nulle part. De l'obscurité où s'est réfugié Gabriel, gêné par l'odeur putride du sang et des organes inertes, comme de la viande chez un boucher.

– Qui c'est, lui ? demande le docteur Arik.

– Mon adjoint. Gabriel Goldman.

– Comme le chanteur ?

– Voilà.

– Tu recrutes à Jérusalem maintenant ?

– Qu'est-ce qui te fait dire ça ?

– Ton adjoint est sapé comme un Juif orthodoxe. Et il emploie un vocabulaire que seuls les pratiquants connaissent.

– Schohet ? Qu'est-ce que ça signifie ?

Gabriel s'approche du corps de Sophie Marsault. La lumière des néons l'éblouit un instant. Sa barbe fine, éparse, ne parvient pas à cacher la candeur de sa peau, douce et pâle. Gabriel a les cheveux assortis à son regard, d'un noir intense, profond comme celui qui porte ses secrets sur son dos. Sous les yeux, des cernes trahissent sa fatigue. Mais son sourire, libre, chaleureux, raconte sa joie de se trouver là et d'avoir sa pierre à apporter à la résolution de l'enquête.

– Dans la religion juive, un schohet est celui qui se charge de l'abattage rituel des animaux afin qu'ils soient déclarés permis et purs à la consommation. On appelle ce procédé la shehita. Elle est pratiquée à l'aide d'un couteau long, affiné et poli : le sakin. L'incision doit être franche et rapide, afin de couper d'un coup l'œsophage et la trachée. Le geste ne doit souffrir d'aucune hésitation, sous peine de déclarer l'animal impur. Cette tradition existe également dans la religion musulmane sous un autre nom : la dhabiha.

– OK, Wikipédia. Comment vous savez tout ça ?

– L'un de mes frères est schohet.

Les yeux ronds de Victoire trahissent sa surprise, en même temps qu'un certain enchantement. Bien sûr, elle ne sait rien de son coéquipier. Comment pourrait-il en être autrement ? Elle ne pose jamais de questions, meilleure façon de ne pas avoir à y répondre à son tour. D'un coup, le passé, l'identité de son collègue s'invitent au beau milieu d'une salle d'autopsie.

Cette révélation attise la curiosité de la commandante. Elle aimerait en savoir plus, poser des questions, mais ce n'est ni le moment ni l'endroit. Sophie Marsault a-t-elle blasphémé Moïse, Mahomet ou D.ieu lui-même ? La piste du crime fanatique prend de l'épaisseur.

– Docteur Arik, l'autopsie a-t-elle révélé d'autres éléments que tu souhaiterais porter à notre connaissance ?

– Oui, Votre Honneur. Un dernier point. La plaie est située sur la pointe haute du cou, pas la partie la plus facile à trancher, en raison de la présence des vertèbres cervicales. Cela suggère selon moi que l'assassin est un homme de grande taille. Je me demandais…

– Oui ?

– Gabriel, il mesure combien votre frère ?

7

LAST SHOT

Six ans plus tôt – mai 2016

N'importe quel photographe vous le dirait. Un beau cliché ne tient ni au sujet ni à la lumière, encore moins au talent de celui qui appuie sur le bouton. Un beau cliché n'est pas une question d'argent ou d'argentique. Un beau cliché capture le temps. Le contient. L'arrête. L'espace d'un clic, la terre cesse de tourner autour du soleil, les jours ne s'échappent plus comme les grains de sable dans la paume d'une main, le mouvement perpétuel de la vie se fige pour poser.

Le temps. Randall McLeod le regarde filer, anxieux de ne pouvoir accomplir tous ses rêves. Le miroir lui renvoie chaque matin le reflet de celui qu'il refuse de devenir : un photographe sexagénaire, la peau ridée, burinée par le soleil et les heures passées dehors à attendre le moment idéal pour shooter. Il a fait sienne la phrase de Terry Pratchett : *Dans chaque vieux, il y a un jeune qui se demande ce qui s'est passé.* Le temps qui lui reste, que va-t-il en faire ? Cette question le hante chaque nuit, lorsqu'il ferme les yeux, sans parvenir à trouver le sommeil avant le petit matin.

Randall ne se plaint pas. L'Écossais a eu mille vies. Reporter de guerre en Afghanistan dans les années 80, photographe officiel de Naomi Campbell en 92, lauréat du BBC Wildlife Photographer of the Year en 2013 et 2015, il a vécu partout. Son travail est enseigné dans les écoles. En Europe comme aux États-Unis, on l'a érigé en modèle. En 2006, le WWF lui a même remis une médaille d'honneur, estimant que ses clichés *participaient activement à la sensibilisation des populations à la protection des espèces en voie de disparition*. La reine d'Angleterre l'a anobli l'année suivante au rang de « Sir ».

Ces éloges, encadrés sous verre, tapissent les murs de sa maison victorienne, nichée au bord du Loch Lomond, comme un musée dédié à sa gloire. Les médailles se mêlent aux exemplaires numérotés de ses photographies favorites : une salamandre alligator tentant de manger un serpent, une horde de lionceaux s'attaquant à une antilope innocente et sa plus célèbre : le selfie d'une femelle macaque. Celle-ci lui a apporté célébrité et polémique. Alors qu'il se camouflait afin de capturer une scène de vie, le singe lui a volé son matériel de prise de vue et a appuyé sur le bouton de l'obturateur. Lorsqu'il l'a récupéré, Randall a trouvé le résultat formidable et tenté de le vendre au plus offrant. Les enchères montaient à des hauteurs inimaginables, de quoi s'arrêter de travailler, sûrement, puis le rêve s'est mué en cauchemar : Wikipédia a mis en ligne le selfie sans autorisation, faisant mécaniquement fondre sa valeur. Un procès a suivi. Wikipédia prétendait que l'auteur de la photo n'était pas Randall, mais le macaque. Par chance, la justice a tranché en faveur du photographe.

Sa réputation, son honneur, il a mis des décennies à les construire, pierre après pierre, comme sa maison, mais en une semaine, tout s'est effondré.

La faute à Instagram, le réseau qui l'a révélé. Avant 2012, Randall n'était qu'un professionnel respectable, reconnu pour son travail propre et honnête dans le tout petit cercle des photographes animaliers. D'abord rétif à publier ses photos au milieu de celles d'amateurs, l'Écossais s'est pris au jeu du like. Il s'est nourri de la reconnaissance d'anonymes qui commentaient ses prises comme s'il s'agissait d'authentiques œuvres d'art exposées dans une galerie virtuelle. Rapidement, une addiction s'est créée. Il fallait publier plus. Que chaque post marche mieux que le précédent. Mieux que celui des autres. La peur d'être oublié, de retourner dans l'ombre, Randall la glissait sous le tapis. L'estime des autres a un prix.

Des marques l'ont approché. Des femmes aussi. Des qui souhaitaient qu'il couche leur visage sur du papier photo. Dès qu'il espérait coucher dans son lit. Les soirs de grande fête, il ne lésinait ni sur l'alcool ni sur les drogues en tout genre pour faire oublier aux plus jeunes âmes son grand âge et son corps affaissé par le temps. Comme beaucoup d'hommes de son époque, il abusait de son pouvoir de persuasion. La plupart du temps, ses victimes d'un soir conservaient le silence. Une fois, il n'y a pas si longtemps, l'une d'entre elles s'est rebellée. Au petit matin, il s'est retrouvé le dos couvert d'insultes écrites à l'encre indélébile. *Asshole. Motherfucker. Bastard.* Plus haut, une tache noire qui lui faisait comme une carte d'Afrique sur l'omoplate droite. Il en a ri une bonne demi-heure, au réveil, face au grand miroir de sa salle de bains, mais ça lui a tout de même coûté plusieurs heures afin d'en effacer les traces.

De l'argent, il n'en manque pas. En une décennie, il a empoché plus de dollars que les cinq précédentes. Assez pour s'offrir la maison de ses rêves, mais pas pour s'arrêter de travailler. Au bout du compte, Randall s'est lassé de sa passion. Là se trouve le point de départ de sa chute. Dans le peu d'enthousiasme qu'il mettait désormais à appuyer sur le bouton.

La photographie animalière est une activité ingrate, injuste, qui ne récompense que ceux qui se trouvent au bon endroit au bon moment. Pour y parvenir, il faut passer des heures, parfois des jours, à se faire oublier, se fondre dans le paysage, choisir son point de vue, la hauteur de son plan, l'exposition, la sensibilité, la focale, l'ouverture du diaphragme, la vitesse d'obturation, la mise au point. Randall se voit comme un tireur d'élite. Il n'a pas le droit de rater sa proie.

À la fin, il n'en avait plus la patience. Il a choisi la facilité. Quelques artifices, invisibles à l'œil nu. Des secrets de fabrication gênants, honteux, insupportables. Comme celle d'un batracien, placé dans un congélateur afin d'obtenir des gestes plus lents. Quelques heures plus tard, il se retrouvera sur le dos d'un scarabée, jouant au cow-boy. 120 000 likes. Ou bien celle d'une girafe masaïe, dont les pattes furent collées au sol afin que le mammifère ne bouge pas, le temps que la nuit tombe et que brille dans ses yeux fatigués la lumière des étoiles. 210 000 likes. Celle encore d'un félin ouvrant grand la gueule à quelques centimètres du canon de l'appareil photo. 300 000 likes pour un jaguar empaillé.

C'est ce qu'ont révélé une série de clichés, diffusés sur un compte twitter anonyme : @shameoneU. Ces preuves, personne n'en avait connaissance. Personne. Elles se trouvaient dans un dossier crypté de l'ordinateur de Randall.

Une personne mal intentionnée l'a piraté, avant de toutes les mettre en ligne, une par une.

Les journaux se sont emparés du scandale. Les mêmes qui lui dressaient des lauriers à longueur de portraits l'ont humilié comme s'il avait assassiné chacun des animaux qu'il a photographiés. Les organisations non gouvernementales se sont mêlées au pugilat, obtenant que lui soit retiré son titre de « Sir », une première dans l'histoire du royaume. Des pétitions ont réclamé qu'il soit expulsé du pays. D'Instagram, il fut banni, apatride virtuel. De toutes les façons, il avait renoncé à s'y connecter, ne recevant plus, à la place des likes, qu'insultes et menaces de mort. Lapidation médiatique.

À trop s'exposer, Randall a révélé son mauvais profil. La faiblesse que chacun de nous camoufle. Le défaut que l'on ne saurait voir, que l'on met tant d'effort à cacher. Depuis que la tempête médiatique s'est levée, c'est cela qui le ronge le plus : savoir que le monde entier le voit tel qu'il est. Faible et nu. La honte qu'il lit chez ceux qui le jugent porte un goût de vérité qu'il ne supporte plus.

Sa demeure est bâtie dans une enclave, sur les rives du Loch Lomond, l'une des plus vastes étendues d'eau de Grande-Bretagne. Par la terre, elle est particulièrement difficile d'accès. Le sentier qui rejoint la route principale est rocheux, étroit, boueux. Personne ne s'y aventure jamais. Mais depuis quelques jours, des esprits vengeurs viennent y déposer leurs ordures, des carcasses d'animaux morts, de petits cercueils gravés à son nom. La devanture a été taguée, une nuit, d'un message explicite : *Tu mérites d'être empaillé.*

L'architecture de la maison est à l'image du personnage : imposante mais discrète. Toutes les fenêtres se jettent sur le Loch, le reflet des vagues inonde chaque pièce d'un halo lumineux apaisant. Parfois, les faucons viennent chasser jusque sur ses terres. Spectacle hypnotique. Il n'est rien de plus majestueux qu'un prédateur qui fond sur sa proie et déploie ses ailes pour l'agripper à ses griffes. C'est cette dernière image que Randall aimerait incruster au fond de sa rétine avant de fermer les yeux.

À quelques centimètres, il a placé son plus bel appareil photo sur un pied, unique témoin de la scène. Il l'a connecté à son compte Instagram, rouvert pour accueillir un dernier post. Il a tourné l'objectif vers lui, pour une fois, et réglé le retardateur pour que le cliché ne se déclenche que lorsqu'il serait prêt.

Une corde autour du cou, pendu à une poutre, sur le patio qui borde le lac, il a choisi de ne pas attendre que la honte le consume.

Les pieds dans le vide, avant de rendre son dernier souffle, il a eu le temps d'entendre le bouton se déclencher. Sa dernière pensée : combien de likes vais-je glaner avec cette dernière publication ?

8

ADIEU, SOPHIE M.

Sur les quais de Seine, des vendeurs ambulants proposent aux passants les journaux du jour. Tous offrent leur une à Sophie Marsault pour un dernier hommage. *Adieu Sophie*, titre *Le Figaro*. *Garde en mémoire, notre au revoir*, lui répond *Libération* en noir et blanc, reprenant l'un des couplets culte de la chanteuse. *Le Parisien* a mis de côté son actualité pour laisser la place à une superbe photo sépia de l'artiste, barré d'un hommage de Patrick Bruel : *Ils ont cassé sa voix*.

Cet après-midi-là, le ciel décide d'épargner les Franciliens. Il leur offre même un aperçu de ce à quoi ressemble l'hiver dans le Sud de la France. Un bleu épuré, clair, franc, pas le moindre nuage de contrariété à l'horizon. C'est un de ces jours de concorde, dont rien ne peut entraver le bon déroulement. Une légère bise fend l'air. Un parfum de printemps flotte, en plein mois de décembre. Sûrement l'un des effets du réchauffement climatique. Juste avant l'heure du déjeuner, des invités triés sur le volet se rendent à pas comptés sur l'esplanade des Invalides, où un dernier hommage s'apprête à être rendu à Sophie Marsault. Les hommes portent de simples vestes, les femmes des manteaux légers, et des lunettes de soleil surtout. Pour se protéger de la luminosité autant que pour masquer leur peine. Aujourd'hui, il n'y a qu'au bord de leurs yeux que des gouttes de pluie couleront.

Le protocole est strict et de jeunes soldats, engoncés dans leur costume, se chargent de le faire respecter. Un millier de personnes ont été autorisées à participer à la cérémonie, famille, célébrités ou simples anonymes, en plus des officiels habitués des lieux, ministres, députés et corps intermédiaires. Le chœur de l'Armée française interprète des chants funèbres, accompagné des musiciens de l'orchestre de la Garde nationale. Ça sent bon l'ancien régime et l'apparat de la Vᵉ République.

Miller est en retard. Pas l'habitude de marcher en jupe. Le taxi l'a déposée devant le cordon de sécurité, impossible d'aller plus loin, elle doit franchir les derniers mètres qui la séparent de l'entrée à pied. Tandis qu'elle patiente au point de contrôle, vérification d'identité oblige, son téléphone vibre.

– Victoire ? Docteur Arik au téléphone. Je ne te dérange pas ?

– Si, tu me déranges. Une urgence ?

– Si je dérange, pourquoi tu décroches ?

– Dans l'espoir que tu m'aides à résoudre cette enquête ?

– Touché. Écoute, j'ai remarqué une marque brune qui m'avait échappé sur le corps de la victime, au niveau de la cuisse. Je pensais qu'il s'agissait d'une tache de naissance, mais ce n'est pas le cas. Il s'agit d'un dessin.

– Un tatouage ?

– Non, trois petites formes arrondies, collées les unes aux autres, dessinées à l'encre indélébile.

– Tu penses à quoi ?

– Je n'en sais trop rien, mais c'est assez inhabituel, comme trace. Fallait que je t'en parle.

– Je te laisse. J'ai une vedette à enterrer.

– Et notre dîner ?

À l'heure dite, le cercueil, porté par six militaires en képi, fait son entrée, recouvert d'un grand drapeau aux couleurs de la nation. En l'air, il suit un chemin imaginaire, avant d'être déposé à terre, au beau milieu de la place vide et immense du monument historique.

Puis c'est au tour du président de la République, plutôt souriant pour un jour de deuil national, de passer en revue les effectifs, saluant chacun. Il s'agit là d'une chorégraphie centenaire, répétée mille fois par ses danseurs afin d'être exécutée avec la plus grande précision. La France sait dire adieu comme personne.

Aux quatre coins de l'esplanade ont été montés à la hâte de grands portraits de l'artiste, rayonnante. Elle a peut-être trente ans sur ces clichés signés Randall Mc Leod. Rien ne la destinait à une fin si tragique. Vivre comme une princesse et finir comme Lady Di. Un meurtre sans meurtrier.

Côté Sud se trouve une tribune, recouverte d'un toit blanc, pour que le soleil n'illumine pas les orateurs qui s'y succéderont. Les deux enfants de l'icône, Élodie et Benjamin, traversent l'esplanade, main dans la main, sous le regard ému de la foule. Ils s'expriment en premier, l'aîné avec aisance, sa sœur la voix remplie de sanglots trop lourds à porter. Ils remercient dans des mots choisis, certainement écrits par les plumes de l'Élysée, la nation, la grande famille de la chanson, les proches, les anonymes, pour leur présence, leur amour, leur soutien. Ils parlent de leur mère comme d'un souvenir, pour la première fois. L'usage du passé simple leur paraît plus complexe qu'il ne l'a jamais été.

Dans la foule serrée par la douleur, les nez reniflent bruyamment tandis que les larmes coulent en silence. Les personnages fantasques du monde de la nuit, qu'elle fréquentait assidûment forment un carré VIP dans un coin. Pas loin, ses ex-compagnons, Patrick Bruel, Patrick Fiori, Patrick Chirac, se serrent les coudes. Au bras de Zazie, Zaz est inconsolable. Derrière leurs lunettes noires, les artistes s'imaginent à la place de Sophie Marsault, honorés comme un soldat tombé à la guerre, sous le regard des caméras et des millions de Français qui, dans les chaumières, suivent la cérémonie, le cœur en vrac. Ils ne pleurent pas Sophie Marsault, mais leur propre mort imaginaire. Partir en héros lorsqu'on n'en a porté que le costume, le scénario parfait.

Près de la tribune, coincée entre le commissaire Lachkar et le ministre de l'Intérieur, la commandante Miller observe. Elle observe la foule, cherchant parmi les anonymes le visage d'un suspect dont elle ignore tout ou presque. Elle observe le ballet des officiels, cette cérémonie trop pompeuse pour elle, jeune Niçoise peu habituée à ce folklore. Elle observe les rumeurs circuler de bouche en oreille sur le compte de la victime. Les raisons de sa disparition n'ont pas encore fuité. La presse est aux abois, mais pour le moment, le secret de l'instruction résiste.

Alors les présomptions vont bon train. *Overdose d'héroïne, AVC, cancer foudroyant, électrocution, empoisonnement, suicide, meurtre. D'une bouche à l'autre, elle avait les artères bouchées depuis longtemps, elle s'entendait mal avec ses voisins, elle avait menacé d'en finir, elle prenait des cachets contre-indiqués par son médecin pour lutter contre ses sautes d'humeur, on la harcelait sur les réseaux sociaux, elle devait de l'argent à des hommes louches, elle rêvait de mourir chez elle, dans son lit, à l'abri des projecteurs.*

Rongées par le froid du mois de décembre, les langues se réchauffent en inventant des vérités. *Les gosses se déchirent pour l'héritage, les studios Pathé vont adapter sa vie en biopic au cinéma, avec une fin pareille, ça va faire un carton. Adjani va réaliser et Camille Cottin interprétera Sophie Marsault. Regarde, elle est juste là, elle porte déjà la frange.* Mi-amusée, mi-agacée, la commandante se note d'interroger la cybersurveillance, au cas où des indices traîneraient sur le Darknet. Elle se demande aussi qui jouera le rôle de la flic, dans le film.

La cérémonie s'enlise dans des discours trop longs. L'amour ne s'étale pas. Ceux qui le déversent par litres sur le cercueil de la défunte salissent sa mémoire. Ils ne s'adressent pas au fantôme de la chanteuse ou à ses proches, mais à la caméra. La mort de Sophie Marsault se transforme en une émission de télévision comme une autre.

Dans le silence cotonneux de l'ennui, Victoire pianote sur son téléphone à la recherche d'une distraction quelconque, une photo sur Instagram, un mail, un article de presse, lorsqu'une main manucurée vient se poser sur son avant-bras. La policière lève les yeux. Isabelle Adjani se tient devant elle, d'immenses lunettes noires sous sa frange, le visage ravagé par la tristesse.

– On m'a dit que vous êtes en charge de l'enquête ? dit-elle d'une voix suave qui convoque aussitôt chez Victoire le souvenir des paroles de « Pull marine ».

– Commandante Miller, enchantée.

– Je suis bouleversée. Mon amie, ma petite sœur s'en est allée, c'est une tragédie.

– J'ignorais que vous étiez si proches. Toutes mes condoléances.

– La veille de sa disparition, nous nous sommes parlé au téléphone. Elle semblait préoccupée. Depuis qu'elle travaille sur l'adaptation des *Versets sataniques* en comédie musicale, sa vie est troublée.

– A-t-elle été la cible de menaces ?

– Chaque jour, elle recevait des appels anonymes. Des types sonnaient, elle décrochait et pouvait entendre leur respiration à l'autre bout du fil, puis plus rien. Elle s'en fichait pas mal. Ça fait partie de la vie d'une célébrité de se faire emmerder par des anonymes, des paparazzis, des cinglés. Mais cette fois-ci, c'était différent.

– Que s'est-il passé ?

Adjani se met à fouiller dans son sac à main Yves Saint Laurent noir à la recherche de son portable. Elle s'en empare, l'allume et clique sur l'onglet multicolore des photos. Elle sélectionne l'une des dernières et tend l'appareil à Victoire. S'y trouve une lettre de menaces, rédigée à la main, sur du papier vert. Il y est écrit : *La fatwa de Khomeini est désormais sur ta tête. Ton prochain album ne sortira jamais. Renonce ou meurs.*

– Comment avez-vous obtenu cette lettre ?

– Sophie me l'a envoyée. Je lui ai conseillé de la transmettre à son avocat, mais elle ne le souhaitait pas. Elle préférait s'en débarrasser. Sophie est comme ça. Lorsqu'un problème surgit, elle préfère le mettre sous le tapis. Je suis certaine qu'elle l'a brûlée ou déchiquetée dans ses ordures.

– Pouvez-vous me la transmettre ? Nous allons l'analyser.

– Bien entendu. Si jamais vous avez des questions, voici mon numéro : 07 56 87 38 26. Notez-le.

Puis l'actrice disparaît dans la foule comme elle est apparue. Sans prévenir.

Victoire envoie un message à Gabriel.

– *Je viens de parler à Adjani. Sophie Marsault a reçu des menaces de mort peu avant sa disparition. Pas de signature, mais la piste islamiste ne fait guère de doute. Je te transmets la pièce à conviction. Demandez une analyse graphologique d'urgence au juge d'instruction, svp.*

– *OK, je m'en charge.*

– *Faut qu'on accélère.*

– *Compris. À ce propos, j'ai jeté un œil aux pièces à conviction photographiées par la scientifique. Vous ne trouvez pas étrange de retrouver un jouet d'enfant sur une scène de crime, alors que ceux de Sophie Marsault ont respectivement vingt-sept et vingt ans ?*

– *Vous parlez de Sophie la girafe ? Je n'y ai pas prêté attention. Ça pourrait être un vieux souvenir qu'elle a conservé ou le jouet du gosse de ses voisins, reçus la veille pour l'apéro.*

– *Vous avez sûrement raison.*

– *Adjani m'a laissé son numéro, vous imaginez ?*

Victoire recule de quelques pas et cherche à s'éclipser discrètement au moment où la Garde nationale entonne le premier couplet de la *Marseillaise*. Le commissaire Lachkar la retient par le bras.

– Restez, le Président souhaite vous voir.

Les minutes passent aussi lentement que des dimanches de pluie, les invités saluent les endeuillés avant de s'éparpiller dans les beaux quartiers parisiens, le cercueil de Sophie Marsault est rangé dans un frigidaire, le chef de l'État s'isole avec ses conseillers dans l'une des salles d'exposition de l'Hôtel des Invalides. Le musée est fermé au public. Vide, le lieu semble immense. Le parfum de l'Histoire y traîne comme un fantôme. Son ombre fait trembler la commandante, à moins que ce ne soit l'inquiétude de se trouver en tête à tête avec le chef de l'État qui rend ses mains si moites que son téléphone portable lui glisse des doigts chaque fois qu'elle tente de s'en saisir. Elle n'a pas l'habitude de se trouver en présence de gens aussi importants. De ses yeux bleu clair, le Président l'observe. Il la scanne sans se gêner, cherche à percer ses secrets, sa personnalité, son QI peut-être, il veut savoir à qui il a affaire. *Dis quelque chose d'intelligent*, se répète Victoire dans sa tête. Ne pas subir. Ne pas se tromper. La première impression est souvent la dernière. Elle s'apprête à prendre la parole, mais le ministre de l'Intérieur la coupe dans son élan.

– Je ne vous apprends rien en vous disant que le PR a des échéances importantes et une cote de popularité à remonter. Il serait bienvenu qu'il puisse annoncer aux Français de bonnes nouvelles lors des vœux de fin d'année. Le Président aimerait s'assurer que vous êtes la personne idéale pour mener cette enquête et la résoudre, vite et bien. Quelles sont vos pistes ?

Victoire pourrait leur parler de la lettre d'Adjani, de la menace de fatwa, mais elle s'abstient de le faire. Elle devrait leur dire qu'à l'heure actuelle, le médecin légiste n'a relevé aucune trace d'ADN sur le corps, que la Scientifique traîne des pieds pour rendre son rapport parce que son patron n'est pas rentré de vacances, que la DGSI refuse de les aider, tout comme la mairie du IVe arrondissement, sans parler du juge d'instruction qui la déteste. Leur expliquer qu'elle se sent esseulée et épuisée par la pression médiatique, les nuits blanches, les appels du ministère de l'Intérieur à toute heure du jour ou de la nuit, ceux des journalistes fouille-merde, la vacuité de sa vie depuis qu'elle a perdu son fils. Elle pourrait déverser au Président toute son histoire, là, tout de suite, pleurer sur son épaule, demander à être relevée de l'enquête, exiger des renforts, mais elle se contente d'un mensonge.

– L'affaire sera réglée d'ici la fin de la semaine.

Les promesses de flic ne valent pas mieux que celles des politiques.

Dehors, l'esplanade des Invalides s'est vidée, à l'exception d'un groupe important de journalistes étrangers qui continuent à assurer des retransmissions en direct dans leurs pays respectifs. Elle reconnaît des drapeaux russes, chinois, britanniques, américains, japonais. Le talent de Sophie Marsault a traversé les frontières grâce à ses reprises de *Don't go breaking my heart et Streets of Philadelphia*, mais vue de France, cette parenthèse internationale s'était soldée par un échec. Erreur. La chanteuse a laissé l'image d'une femme belle et malicieuse à tous ceux qui ont eu la chance de la voir sur scène. Loin de s'effacer, sa popularité grandit avec le temps et ses traits ont fait le tour de la planète. Elton John et Bruce Springsteen se sont même fendus d'un hommage à la télévision. Parfois, le monde ne suffit pas.

L'entrevue n'aura duré que quelques minutes. Le chef de l'État n'a adressé à Victoire qu'une phrase. Quatre mots qui ont suffi à la déstabiliser. « Je compte sur vous. » Elle a le sentiment, en lui serrant la main une dernière fois, qu'il sait tout d'elle. Son passé, ses failles, le trou béant au fond de son cœur, qu'elle a recouvert sous les traits durs de son apparence. Il n'est pas tombé dans le piège. Il l'a mise à nu. En quittant le perron de l'Hôtel, Victoire remet en place le léger décolleté de sa robe. Comme si elle avait peur qu'un sein en surgisse par inadvertance.

Tandis que Victoire franchit le parvis du musée, la sonnerie de sa chanson préférée retentit au fond de son sac à main :

« À nos actes manqués ». À l'autre bout du fil, Gabriel, paniqué, ne prend pas la peine de charger la conversation d'amabilités :

– Faut que vous veniez au bureau, lui dit-il, il y a du nouveau.

9

LA RUMEUR

Sur les réseaux sociaux fleurissent les hommages. Chacun y va de son RIP, accompagné d'une citation, d'une photo en noir et blanc, d'un message d'adieu, bouteille vide remplie d'amour consensuel, jetée dans l'océan numérique. Sophie Marsault ne s'appartenait plus, puisqu'elle appartenait à tout le monde. La twittosphère vit cette disparition dans sa chair, son nom trône en haut des tendances les plus discutées depuis trois jours, comme si tous l'avaient connue. Hypocrisie digitale.

Depuis ce matin, Gabriel surveille cette marée de messages avec attention. D'habitude, il se lève aux aurores, tous les jours, afin d'accomplir ses devoirs d'homme juif, promesse faite à son père. À peine le pied posé par terre, il remercie D.ieu de lui avoir rendu son âme afin qu'il puisse de nouveau ouvrir les yeux. Puis se lave consciencieusement les phalanges pour que ses mauvaises pensées de la nuit disparaissent. Il enfile un vêtement, enroule ses tefillins autour de son bras gauche et de sa tête, et prie. Il demande à celui qui dirige le monde de bénir ses parents et ses huit frères et sœurs. Il l'implore d'être pardonné pour ses errements, pour cette vie religieuse dont il a choisi de se détourner. Le destin de Gabriel était tracé, écrit dans les livres : il devait devenir Dayan, juge, comme son père et son grand-père avant lui. Comme tout le monde l'espérait. Il a choisi une autre voie. Celle de rendre la justice dans le monde profane.

Gabriel a peu dormi cette nuit. Trois heures peut-être. Cette enquête l'obsède, plus que de raison. Pour la première fois de sa jeune carrière, il est confronté à un meurtre, sans doute perpétré au nom de D.ieu. De son D.ieu. Il se sent responsable. Comme si on avait incriminé un proche, un membre de sa famille. Cette accusation entache sa foi. Souille le nom de l'unique lien qui l'attache encore aux siens.

La piste islamiste est une impasse, il en est persuadé. Il a cherché d'éventuelles déclarations de Sophie Marsault sur Mahomet ou le Coran, mais n'a rien trouvé de provocateur dans les propos qui lui sont attribués. Bien sûr, il y a ce projet musical de Salman Rushdie, que les islamistes rejetaient d'avance. Bien sûr, elle a condamné dans les journaux la barbarie lorsqu'elle se trouvait à nos portes. Elle a donné son avis quand on le lui a demandé sur le burkini, les attentats, l'Afghanistan, la liberté des femmes, le peu d'intérêt qu'elle portait à un Être supérieur, quel que soit son nom ou celui de son représentant sur terre. Mais rien, dans sa bouche, ne saurait justifier un acte de vengeance quelconque.

Tandis que ses supérieurs péroraient à la cérémonie d'hommage national rendu à la chanteuse, Gabriel s'est mis en tête de trouver des preuves sur les réseaux sociaux. Là où les extrémistes de tous bords déversent leur haine. Là où de prétendus musulmans se permettent d'injurier ceux qu'ils considèrent comme des mécréants au nom d'Allah. Le jeune flic a appris, à l'école de police, que c'est en cherchant dans les poubelles que l'on tombe, la plupart du temps, sur ce dont les faux innocents cherchent à se débarrasser. Ça tombe bien : Twitter est un dépotoir.

Cela faisait déjà des heures que Gabriel lisait des messages criblés de fautes d'orthographe, des théories du complot étayées de fausses preuves, des mots d'amour aussi. Des éloges funèbres attendrissants. Il suivait des anonymes cachés sous des pseudonymes, des conversations sans fond réunies sous les mêmes hashtags : #sophiemarsault #HommageSophieMarsault #RIPSophieMarsault. C'est en suivant de fausses pistes qu'il tomba dessus. La scène de crime, sous toutes les coutures. Le cou de la chanteuse tranché. Le col de sa chemise rougi par le sang. Ses yeux révulsés par la peur. Les pièces à conviction, photographiées une par une : le soutien-gorge, le rouge à lèvres, le roman, le jouet en plastique. Une vingtaine de clichés, qui se dédoublent à l'infini sur la toile, partagés de compte en compte, comme des cartes Pokémon que l'on s'échange à l'école.

La fuite a commencé, se dit-il en observant les dégâts, tout en composant le numéro de la commandante Miller.

À l'issue de la cérémonie, elle le rejoint au commissariat, sans rentrer chez elle. À ses côtés, elle observe la danse macabre des messages qui se démultiplient à l'infini sur l'écran de l'ordinateur, dans un délire visuel hypnotique. Elle ne maîtrise pas les réseaux sociaux aussi bien que son collègue – manque d'envie ou d'intérêt –, mais saisit tout de même l'ampleur du désastre. Non seulement les pièces à conviction de SON enquête font la une de tous les journaux en ligne mais on les dissèque, on les transforme, on les parodie, comme s'il s'agissait d'une matière à modeler quelconque.

– Twitter mettra des heures à nettoyer ce merdier, le mal est fait, tous les journaux vont en parler demain matin, indique Gabriel au-dessus de l'épaule de sa patronne.

Elle porte un parfum et une tenue plus apprêtés que d'habitude, qui émoustillent la vue et l'odorat du jeune homme. Il s'en veut et renvoie aussitôt ses pensées déplacées au fond de son inconscient.

– J'ai contacté la Scientifique, se reprend-il. La fuite semble venir de chez eux. Il semblerait qu'un petit génie ait piraté leur serveur et diffusé le contenu complet du dossier Marsault. Une enquête va être diligentée.

Promesse de flic.

– Est-ce qu'on peut remonter jusqu'à la source ? demande Victoire. Quel est le premier compte qui a publié les photos ?

Gabriel baisse les yeux. Il prend un air contrit, désolé, celui que lui connaît sa cheffe lorsqu'elle lui pose une colle. Avec son accoutrement démodé, il ressemble à un rabbin ashkénaze à qui on a demandé de prouver l'existence de D.ieu dans les camps de concentration. Victoire ne peut s'empêcher de le noter, maintenant que le docteur Arik le lui a fait remarquer.

– On cherche encore, dit-il à voix basse, comme s'il se parlait à lui-même.

– Miller !

Le cri vient du fond du bureau du commissaire Lachkar, au bout de la vaste salle où se trouve le poste de Gabriel, aux côtés des autres bleus du service. Lachkar vient de rentrer, lui aussi, de la cérémonie d'adieu à Sophie Marsault. Son adjoint lui a fait part de la fuite. Lachkar est furieux. Malgré son âge avancé – bientôt soixante-quatre ans –, la colère est un défaut qu'il ne parvient toujours pas à maîtriser. Lorsqu'elle s'empare de ses pensées, elle y brûle tout comme un gigantesque incendie. Tandis que Victoire entre prestement dans son bureau, il en claque la porte violemment. La pièce, pas bien grande, est encombrée de piles de dossiers posées à même le sol, de cartons à moitié pleins, de cadres décrochés des murs. Le commissaire prépare son départ. Il déménage place Beauvau, en tant que conseiller police du ministre de l'Intérieur. À lui les dorures, le calme et la volupté des salons de la République. L'affaire Sophie Marsault est la dernière qu'il supervise. Mais il suffit d'un loupé, d'une bavure, d'un article péremptoire pour que son avenir devienne mirage. Il observe Victoire Miller qui s'assoit en face de lui, séparée par une grande table rectangulaire. Dans son jeu, représente-t-elle un atout ou un maillon faible ? Ainsi sont classées ses relations dans sa tête de joueur de belote.

– À la télévision, à la radio, ils ne parlent plus que de ça. Les photos de Sophie Marsault. Nos photos. Qui a fait ça ? Vous avez interrogé le bleu ? Je suis sûr que la fuite vient de son ordinateur. Ces jeunes, ils ne savent pas tenir leur langue. Prêts à tout pour un bon buzz…

Gabriel. Sa culpabilité n'a pas effleuré un instant l'esprit de Victoire. Pourtant, si elle observe son profil avec un peu de recul, elle le connaît peu. Ils travaillent ensemble depuis six mois, peut-être moins. Petit génie numérique, il saurait poster les preuves sur un compte anonyme, sans risque que les gars du Cyber remontent jusqu'à lui. En tant qu'enquêteur, il fait partie des rares fonctionnaires de police à avoir accès aux pièces à conviction. Lachkar a peut-être raison, après tout. Mais Victoire choisit de défendre son coéquipier, question de solidarité.

– Impossible que ce soit lui. Je le connais. C'est un garçon droit. Fiable. Un Juif religieux en plus…

– Derrière les hommes de foi se cachent les plus grands menteurs. Particulièrement chez ces gens-là…

Ces gens-là. La commandante a du mal à comprendre ou peut-être ne le souhaite-t-elle pas. Lachkar. Avec un nom pareil, elle a toujours imaginé que son patron était de confession israélite. Ils n'en ont jamais vraiment discuté. La religion n'a pas sa place dans les couloirs du commissariat. Elle-même ne croit en rien. Elle n'a été élevée sous le joug d'aucun Livre, ni Coran, ni Torah, ni Ancien Testament. Mais elle se souvient, petite, que son père lui a raconté l'histoire de sa grand-mère, déportée dans les camps en Allemagne avec ses parents. Revenue. Seule. Quelques mois plus tard, au sortir de la guerre, sa grand-mère fonda sa propre famille, et choisit de ne lui imposer aucune identité trop lourde à porter. Lorsque Victoire, petite, a souhaité se faire baptiser, comme toutes ses copines de sa classe, son père le lui a refusé. Il lui a chuchoté au creux de l'oreille, comme un secret qu'enfin il pouvait lui révéler : « Tu es juive. » Ils n'en ont plus jamais reparlé ensuite. Mais cela suffit à Victoire pour se sentir offensée par la remarque de son patron. Il n'y a pas d'âge pour se retrouver confrontée à l'antisémitisme.

– Maintenant que l'affaire est sortie, le temps nous est compté. Le directeur de cabinet du Président m'a déjà appelé trois fois. On a intérêt à résoudre cette histoire rapidement. Je joue mon avenir là-dessus et vous le vôtre, compris ? Trouvez-moi l'islamiste qui a fait ça et qu'on en finisse !

Victoire a quitté le bureau de son patron sans un mot avant de rejoindre le sien. S'est servi un café noir serré à la machine. Plus de lait pour le macchiato. Le liquide brûle ses phalanges à travers le plastique blanc. Assise au bord de sa chaise, elle ouvre sa boîte mail, qui déborde de dizaines de messages attendant d'être ouverts. Tandis qu'elle les parcourt rapidement, passant d'un intitulé à l'autre par peur de rater quelque chose, un bruit sourd retentit dans la pièce, qui la fait sursauter. Mal posée, sa canne vient de tomber au sol.

Le président de la République a, semble-t-il, donné des instructions afin que les différents services de l'État participent à l'enquête de la PJ : par message interposé, le sous-directeur de la DGSI lui transmet, en pièce jointe, six profils d'islamistes fichés S connus pour participer à l'abattage rituel d'animaux au sein de leurs communautés respectives ; le juge d'instruction lui délivre *sans délai* un mandat pour inspecter les appartements des voisins de Sophie Marsault. *Enfin, on va avancer*, se dit Victoire, tandis que Gabriel franchit le pas de la porte sans frapper.

– Je tiens à vous assurer que je ne suis pas impliqué dans la fuite des photos, prévient-il d'emblée, comme s'il avait écouté sa conversation avec le commissaire.

Victoire le regarde à peine, trop absorbée par les messages qui n'en finissent plus de s'accumuler. Son esprit est tout occupé à planifier les prochaines étapes de l'enquête. Joueuse d'échecs, Victoire sait mieux que quiconque que le prochain coup sera décisif. L'état de grâce que lui apporte le soutien présidentiel ne durera pas. Bientôt, les portes se refermeront aussi vite qu'elles se sont ouvertes. Elle ne doit pas se tromper. Et puis, la presse va désormais se mêler de tout, la moindre rumeur fera couler de l'encre, Victoire va perdre un temps fou à éteindre les feux que des journalistes pyromanes allumeront à longueur d'articles.

Solitaire, la commandante n'a pas l'habitude de partager ses doutes. Encore moins de demander son avis à un jeune poulet dont l'expérience d'enquêteur se réduit probablement à quelques parties de Cluedo remportées entre amis. Elle tombe au fond de sa chaise, bascule sa tête en arrière et ferme les yeux. Derrière ses paupières apparaît un carrefour : celui de la Libération, où elle a grandi à Nice. Celui qui distribuait les rues entre le centre-ville, l'avenue Jean-Médecin, la place Masséna et les hauteurs, le vieux stade du Ray, le parc Chambrun. Les rues sont vides. Les feux passent du rouge au vert, mais aucune voiture ne s'avance. Victoire patiente au passage piéton face aux bandes blanches peintes au sol sur le goudron. Elle a six ans peut-être, dans ses pensées. Elle porte un survêtement rose pâle, des couettes et son cartable d'écolière.

Son père lui tient la main et, de l'autre, lui indique où mènent toutes ces routes qui se proposent à leurs pas : à droite, la piste islamiste et au bout une carrière, vaste et dégagée. La sienne. Pourvu qu'elle lui donne un nom à jeter en pâture aux journalistes, le Président saura la récompenser. Peu importe que le coupable soit innocent, tant que les consonances sonnent juste.

– On tient une piste.

Victoire ouvre les yeux. Gabriel n'a pas bougé. Il patiente sur le pas de la porte. Depuis combien de temps, elle l'ignore. Sur les murs de son bureau, la commandante a accroché des photos encadrées de la baie des Anges vue du ciel, du marché de la Libération, de la basse corniche qui mène jusqu'à Monaco. Elle a quitté la Côte il y a six ans maintenant. Elle s'en est arrachée, pas le choix. Deux mois après l'attentat de Nice, elle s'installait à Paris, loin de la tombe de Ben et de son fils. Mais sa ville lui manque terriblement, le parfum de la socca dans les vieilles ruelles, le ciel bleu à perte de vue, la sensation des galets sous le pied, le goût de la mer salée au fond de la gorge, le Negresco qui trône comme un palais de la Méditerranée, les façades jaunes et rouges des immeubles sur la place Masséna, l'accent des autochtones, le coup de canon à midi, chaque jour, pour marquer la pause déjeuner. Au beau milieu de cette galerie de souvenirs, la présence de son jeune coéquipier fait tache. Vêtu en noir et blanc, il vient lui rappeler combien, désormais, son présent est gris.

– Un jeune homme a vu les photos de Sophie Marsault sur une chaîne d'information. Il pense savoir qui est le meurtrier. Ou plutôt… la meurtrière.

10

JE N'AI PAS D'AMIE COMME TOI

Debout face à la fenêtre qui lui offre pour seule vue les branches nues des platanes malades de la ville, Victoire tire calmement sur sa cigarette électronique en observant les passants, deux étages plus bas, aller et venir sur le trottoir. Elle envie ces inconnus de pouvoir se déplacer aussi vite, sans contrainte ni souffrance, d'un point A à un point B. Elle, prisonnière de son corps, se drogue chaque soir d'antidouleurs, pour supporter son corps cassé, irréparable. À trente-neuf ans, elle fait encore l'effort de l'entretenir, de se vêtir de hauts moulants qui mettent en valeur sa poitrine, de maquiller son visage et de coiffer ses cheveux, la plupart du temps en chignon, mais pour plaire à qui, au fond ? Elle évite de se poser la question.

Depuis la mort de Ben, il y a eu quelques hommes. Des aventures d'un soir, ramassées au fond d'un bar distingué où Victoire a ses habitudes avec Louise, son amie d'enfance, la seule qu'elle ait conservée de sa vie d'avant.

Comme elle, Louise a quitté Nice. Elle a installé son cabinet de gynécologie dans le 16e arrondissement. Quand on a de l'ambition, la province devient vite trop étroite. La meilleure amie de Victoire rêvait de grands hôpitaux, de cas à part, de recherche et de prestige. Pas d'une vie de notable au bord de la mer.

Tous les jeudis soir, les deux trentenaires se retrouvent au Brach. Elles nagent ensemble dans l'immense piscine privée de l'hôtel, puis refont le monde et leur semaine, assises confortablement dans des sofas moelleux, dans la salle de restaurant attenante. Autour d'eux, des étrangers de passage les observent souvent. Deux femmes, une blonde, une brune, ça attire le regard des hommes seuls qui, dans leur poche, possèdent la clé d'une chambre située à quelques étages seulement. Parfois, elles se laissent offrir un verre. Un Moscow Mule, toujours le même cocktail, suffisamment sucré pour que le rhum enivre sans qu'elles le sentent passer. Elles rient de ces Américains qui testent leur français sur elles, qui font l'effort de s'intéresser à leurs pensées alors qu'au fond, ils n'en veulent qu'à leurs corps. Quand les gestes se font trop pressants, elles recouvrent leurs esprits et cessent de jouer. Il est même arrivé à Victoire de sortir sa carte de police sous les yeux d'un Italien trop entreprenant. Louise a un époux, Stéphane, et une fille de deux ans, Naomi. Elle sort pour s'amuser, tenir compagnie à son amie, elle ne peut se permettre d'aller plus loin même si, parfois, la tentation l'oppresse.

Victoire, c'est différent. Elle ne cherche pas le grand amour, il est déjà passé, fané, enterré. Son cœur est entouré de barbelés infranchissables. Mais son corps, lui, réclame de l'attention, de l'affection, des caresses. Désinhibée, il est arrivé que la jeune flic lâche prise et raccompagne un joli costume dans sa chambre. Louise s'éclipse et conserve ce secret pour elle, à l'abri dans son armoire à souvenirs. Elles n'en parlent jamais. Pas le temps. Elles ont tant d'autres sujets de conversation : les patientes de l'une, les suspects de l'autre, les collègues, les supérieurs, les voisins, le mari, les enfants, la maison, les vacances, la nounou toujours en retard, cette professeure de Pilates géniale trouvée sur Instagram, les ventes privées d'Isabelle Marant, le nouveau roman de Karine Tuil, le dernier épisode de cette série norvégienne sur Canal +, le dernier sac Claris Virot, bien trop cher mais tellement beau. Ensemble, elles joignent le futile à l'agréable. Se confessent sans tabou. Victoire lui déballe les grandes lignes de l'enquête, la piste islamiste évaporée, les ex de Sophie Marsault qui se succèdent à son bureau comme un troupeau de veufs, la pression du président de la République, les coups de fil des journalistes, les collègues jaloux, les télévisions qui campent sous sa fenêtre, son nouvel adjoint, Gabriel, qu'elle aime bien finalement. Elle en parle comme d'une silhouette lointaine qui se rapproche au fil des soirées copines. Louise ne l'a jamais rencontré, mais elle commence à en discerner les traits. Il prend forme dans la vie de sa meilleure amie. Ce soir, lorsque les deux femmes se retrouveront, comme tous les jeudis, Victoire lui en glissera encore quelques mots, sans doute, sans y prêter attention, et ses mots viendront compléter le portrait inachevé de ce jeune homme avec qui, mine de rien, elle passe plus de temps qu'avec qui que ce soit d'autre.

Elle lui racontera aussi l'histoire de cet inconnu qui vient de frapper à la porte de son bureau. Parfois, les enquêtes se résolvent sur un coup de dés, sans qu'on n'ait rien fait ou presque pour y arriver. L'inconnu s'appelle Karim Aguini. C'est un gars de la maison, qui travaille en tant qu'agent polyvalent rue des Morillons, dans le 15e arrondissement. Il porte le cheveu court, la peau mate, les joues rasées, petite taille, une chemise blanche et un pantalon chino noir, signe de l'importance qu'il accorde au rendez-vous. Il s'approche rapidement, la tête baissée, pressé d'en finir. Gabriel à sa suite, il s'assoit face à Victoire, chaise de gauche. Gabriel reste debout, près de la fenêtre. Au bout du bureau, une jeune stagiaire prend des notes sur un ordinateur portable. Comment s'appelle-t-elle déjà ? Victoire ne s'appesantit pas sur la question. Elle observe calmement son invité surprise, comme un prédateur sa proie, cherchant à discerner avant qu'il ne les formule les causes de sa fébrilité. Les phalanges qui craquent sous la paume de sa main. La voix basse, presque inaudible. Les yeux qui clignent, peu habitués à la lumière du jour. Karim n'est pas une balance. En quarante ans, il n'a jamais trahi personne. Mais il a vu les infos, comme tout le monde. La scène de crime. Le cou tranché. Sophie Marsault, il l'aimait bien. Il sait qui a fait ça. Il ne peut plus se taire.

11

DESCENTE DE POLICE

La montre de Victoire indique 5 h 50. À cette heure-là, la rue d'Hauteville sonne creux. Aucune voiture ne s'y aventure. Celle des flics patiente, à l'angle de la rue de l'Échiquier. Dans l'habitacle de la 508 flotte une odeur de café mal torréfié. Gabriel fixe le pare-brise sans un mot. Victoire écoute les grésillements du talkie-walkie. Les autres membres de la brigade d'intervention planquent dans une camionnette banalisée, quelques mètres plus bas.

– Intervention dans dix minutes, tenez-vous prêts, chuchote-t-elle dans l'appareil.

Pour faire passer le temps et repousser le stress, le jeune officier allume la radio. France Info. Au micro, l'imam Eljay répond aux questions du journaliste.

– Condamnez-vous l'assassinat de Sophie Marsault ?

– En 2015, je n'étais pas Charlie. Aujourd'hui, je ne suis pas Sophie. Comme de nombreux membres de ma communauté, je m'interroge sur les motivations de la chanteuse, qui souhaitait porter à la scène *Les versets sataniques* de Salman Rushdie.

– La tournée aurait dû commencer aujourd'hui.

– Plus qu'une provocation, il s'agit d'une insulte suprême à l'islam. Et si je condamne le crime, je comprends son auteur.

La descente de police démarre à 6 h précise. Il a fallu convaincre le commissaire Lachkar et le vieux juge d'instruction de lâcher une autorisation de perquisition sur la foi d'un simple témoignage. « Pas dans mes habitudes », a-t-il marmonné dans sa barbe, en signant au bas de la page tandis que le garde des Sceaux tenait la plume. Le magistrat ne cache pas son inimitié envers la police, qui égratigne selon lui l'image de la justice sur le terrain. S'il le pouvait, il gâcherait la vie des flics aussi souvent que possible. Surtout de Miller, la jeune Niçoise qui se prend pour Julie Lescaut et fait la Une des journaux par le simple miracle qu'il s'agit d'une femme et qu'on est en 2022. Putain d'époque. Munie du papier magique qu'il vient de lui remettre, elle va rouler plein gaz dans les rues de la capitale, gyrophare hurlant sur les passants, son escouade d'agents la suivant comme un troupeau de moutons. Le juge honnit l'adrénaline qui accompagne parfois les enquêtes, cette énergie dévastatrice qui obstrue la clairvoyance de ceux qui la portent, origine de toutes les bavures, de tous les abus de pouvoir des uniformes.

La commandante Miller, accompagnée de Gabriel et de quatre agents en civil, frappe à la porte du sixième étage du 19, rue d'Hauteville. Il y a de la sueur sur les fronts, de l'angoisse sur les visages, de la crainte instillée dans les chuchotements. De l'autre côté du palier se trouve l'inconnu. Peut-être le danger. Miller a déjà vécu des coups de feu, des jets de gaz lacrymogènes, des tentatives de fuite désorganisées qui se transforment en coups et blessures. Se trouver confronté à la violence fait partie du métier. Elle s'appuie sur sa canne et serre le poing avec plus de fermeté pour frapper à nouveau sur le chêne. Elle hurle à s'en abîmer les cordes vocales, pour effrayer autant que pour se rassurer. La peur doit changer de camp. À la troisième tentative, la porte s'ouvre enfin. Une jeune femme apparaît en peignoir de bain blanc, les cheveux et le corps encore humides, une brosse à dents déformant sa joue droite, les yeux arrondis par la surprise.

– Sophie Malkowski ?

– Oui, c'est moi.

– Sur autorisation du juge d'instruction Bellemare, nous avons ordre de fouiller votre appartement. Merci de nous laisser passer.

La jeune femme s'écarte et la troupe des mâles alphas lui passe devant sans même la saluer. Victoire reste sur le palier.

– Vous ne rentrez pas ? lui demande Sophie, comme s'il s'agissait d'une soirée déguisée.

– Un instant, je les rejoins. Merci.

La tension est retombée. La commandante Miller a besoin de tirer quelques lattes sur sa cigarette électronique pour y voir clair, avant de plonger dans cet univers qu'on lui promet noir comme l'enfer. En observant la propriétaire des lieux par la commissure de la porte, elle a du mal à croire qu'elle se trouve face au diable en personne, une tueuse capable d'égorger Sophie Marsault d'un coup de lame. Comme d'habitude, elle a foncé avant de réfléchir. À la moindre brèche, elle s'engouffre. Le commissaire Lachkar le lui a souvent reproché, ses instructeurs aussi. Victoire l'impatiente. L'adjectif lui a collé à la peau toute sa vie. Comme une abeille, Victoire mène ses enquêtes en butinant de fleur en fleur, ne s'appesantit jamais bien longtemps sur la même piste, change d'avis aussi souvent que possible, à la recherche d'une vérité implacable, rapide, limpide. La voilà coincée avec sa nouvelle intuition et son portable qui ne cesse de vibrer dans la poche intérieure de sa veste : Lachkar cherche à la joindre. Elle a promis de suivre l'opération depuis la camionnette banalisée qui se trouve au pied de l'immeuble. Une fois de plus, elle a désobéi. Il doit le savoir ou s'en douter. Si c'est pour se taper une gueulante, elle rappellera plus tard. Victoire prend son courage à deux mains, s'appuie sur sa canne et pénètre dans l'appartement. Derrière la porte, Gabriel l'attend sagement, tandis qu'à côté, elle entend les équipes fouiller la chambre et la salle de bains. Près de la fenêtre, Sophie Malkowski fait semblant de feuilleter un magazine, assise au bord de son canapé. Un exemplaire de *Paris Match* dont la mort de Sophie Marsault fait la Une. La jeune femme paraît fébrile. Le regard de Victoire, circulaire, fait le tour du salon, plutôt vaste, peu meublé, éclairé par deux simples ampoules qui pendent à un fil. L'écran de télévision a obtenu une place centrale dans la configuration de la pièce. Accroché au centre du mur principal, tous les autres meubles semblent tournés vers lui. Au fond, une grande armoire, en acajou sombre, tente de se faire discrète malgré sa taille imposante. Fermée par une clé que Gabriel tient dans sa main, elle attend que son secret soit révélé.

Lorsque les portes s'ouvrent et que les petites LED se mettent à illuminer les étagères, une collection de plusieurs dizaines de Sophie la girafe apparaît, troupeau de preuves accablantes, lien évident entre le suspect et le meurtre. Elles sont parfaitement rangées, alignées, exposées comme dans la vitrine d'un musée. Pas le moindre grain de poussière sur leur museau. Elles luisent d'un vernis qui a figé leurs taches rassurantes dans l'éternité. Rangées par lignes de dix, leurs billes noires inexpressives semblent fixer le téléviseur, de l'autre côté de la pièce. Gabriel note immédiatement, çà et là, des espaces vides, présentoirs gris qui attendent leur hôte. Il en déduit des preuves irréfutables. Lorsque, ébloui par la lumière de la justice, il approche sa main pour tenter de saisir l'un des jouets, Sophie Malkowski se lève d'un bond et se jette sur lui, comme une louve couve ses petits, en hurlant : « Ne les touchez pas ! » Surpris par la réaction, l'OPJ rétracte immédiatement son geste. Sophie se rassoit et balance le haut de son corps d'avant en arrière frénétiquement, en fermant les yeux.

Victoire s'approche. Doucement. Lentement, pour ne pas effrayer son hôte. Elle s'appuie sur sa canne et, de temps à autre, une grimace trahit la douleur qu'elle éprouve encore à se déplacer. Elle s'installe près de la jeune femme, à portée de griffes. Sort le téléphone portable de sa poche. L'écran s'illumine au premier contact de son doigt sur l'écran. Elle se rend sur l'application photos et sélectionne celles de la scène du meurtre. Attirée par la lumière bleue, Sophie Malkowski se calme et regarde les images défiler. Sur l'une d'elles se trouve la chanteuse, gisant au sol. Sur une autre, un jouet en plastique, caché sous un lit. Victoire demande, en chuchotant presque :

– Tu reconnais cette girafe ?

Sans en demander l'autorisation, la suspecte approche son index et son pouce afin d'agrandir l'objet jusqu'à ce qu'il en devienne flou. Elle inspecte longuement chaque pixel, les pattes, la queue, le tronc, la tête et le long cou. Elle reste de longues minutes fixée sur le sabot de la patte avant gauche, puis finit par répondre à la question posée, d'une traite, comme les poèmes récités machinalement sur l'estrade de l'école élémentaire :

– Il s'agit d'un modèle de Sophie très récente. Son cou ne compte que huit taches alors que les modèles précédents en comptaient neuf. L'année de fabrication exacte se trouve sous son sabot gauche, les quatre derniers chiffres de son numéro de série. Elles en ont toutes un. En 2021, 800 000 exemplaires ont été vendus en France, dont 300 000 dans une édition spéciale à l'occasion de l'anniversaire des soixante ans de Sophie la girafe.

– Est-ce qu'elle t'appartient ? demande Victoire, comme si elle s'adressait à un enfant de trois ans.

– Non, elle n'est pas à moi. Mes Sophie sont abîmées, mordillées, délavées, éraflées. Ce sont des mammifères blessés par les enfants, oubliés, abandonnés, que je soigne et dont je prends soin, avant qu'ils ne soient détruits et recyclés en un autre objet en caoutchouc. Celle-ci est neuve. Elle n'a jamais servi à personne.

Victoire tente de réfléchir aussi vite que son interlocutrice. Elle cherche du regard Gabriel, mais il vient de s'isoler pour prendre un appel. Sophie Malkowski ne semble pas liée au meurtre de Sophie Marsault, elle est trop petite, trop menue pour avoir tranché la gorge de la chanteuse. Mais la commandante refuse de se laisser embarquer par son instinct. Tous les coupables ont des têtes d'innocent. À ce stade de l'interrogatoire, elle se fie uniquement aux faits et pose des questions comme on jette des bouteilles à la mer. Au hasard.

– Pourquoi collectionnes-tu les Sophie la girafe ?

– Elles me rappellent ma mère adoptive.

– Ah oui ? Et combien d'exemplaires comporte ta collection ?

– 2300 dont 95 datent de 2021. 92 de 2011. 64 de 2001. 127 de 1991. 222 de 1981.

– Pourquoi est-ce que tu ne choisis que des jouets de ces décennies ?

– On m'a dit que je suis née le 6 janvier 1981 à 10 h 10. Sophie la girafe a été mon premier cadeau et les cadeaux, c'est tous les dix ans, comme disait maman. Autrement, on perd la valeur des choses.

Un silence s'installe. La commandante se sent mal à l'aise face à cette femme de quarante ans qui n'a jamais quitté le monde de l'enfance. Cet esprit simple doté d'une intelligence robotique. Son regard de gamine semble perdu au milieu d'un visage marqué, décoloré, tanné par le temps. Elle l'observe taper des pieds et se mordiller les ongles en attendant que le flot des questions se tarisse. Sous son peignoir, Sophie porte un pyjama junior, en coton imprimé d'animaux de la savane. Tout en elle respire l'innocence et, pourtant, Victoire se méfie. Son interlocutrice paraît adorable autant qu'incontrôlable. Qui sait ce dont est capable le bras d'une adulte, guidé par la colère d'une gamine. Elle se force à pousser la jeune femme dans ses retranchements, pour voir.

– Est-ce que tu connaissais Sophie Marsault ?

– Je ne l'ai jamais rencontrée. Mais j'ai écouté toutes ses chansons. 148. Il y en a 148.

– C'est ta chanteuse préférée ?

– Non, je préfère Brigitte Bardot.

Victoire se note de vérifier si la protectrice des animaux est encore en vie.

Son portable encore à la main, Gabriel revient dans la pièce au moment où le nom de la comédienne est prononcé. Il ne prête pas attention aux deux veines bleues qui viennent d'apparaître sur le front de sa patronne, signe d'anxiété. À l'intérieur, les rouages tournent à plein régime pour compulser les révélations de Sophie Malkowski avec les autres indices de l'enquête. Impatient, le jeune officier cherche à attirer son regard pour lui révéler la teneur de sa dernière conversation téléphonique.

– On a reçu un appel d'Interpol.

12

LE FLIC DE JÉRUSALEM

Gabriel se souvient précisément du jour où il a quitté ses parents et le cocon familial de la rue Manin, dans le 19e arrondissement. Il n'avait que seize ans et demi et son baccalauréat déjà en poche. Aussi brillant en mathématiques qu'en histoire-géographie, le jeune surdoué avait l'embarras du choix pour poursuivre ses études. Son meilleur ami, Harry, avec qui il se disputait le titre honorifique de premier de la classe depuis l'école élémentaire, choisit de s'orienter vers une voie profane et d'entrer en classe préparatoire aux écoles d'ingénieurs. Son rêve, depuis qu'ils partageaient ensemble le bac à sable, était de bâtir des avions. Il s'imaginait, dans dix ans, à la tête d'une équipe de techniciens aéronautiques chez Airbus ou Safran, en train de dessiner le fuselage du prochain A390. Gabriel était pétri de moins de certitudes. Cette difficulté à trancher le suivait partout, dans tous les domaines. À la cantine du lycée, au cinéma, devant le marchand de glaces, il hésitait toujours entre deux options. La peur de manquer quelque chose s'il se trompait ne le quittait jamais. *Boule citron, OK, mais peut-être que la menthe chocolat est à tomber par terre, ici ?* Aussi laissait-il souvent les autres décider à sa place. Son père le destinait à lui succéder au tribunal rabbinique de Paris en tant que grand Dayan. Le juge suprême. Ainsi naquit son destin.

Malgré son âge, soixante-dix-sept ans à l'époque, le patriarche portait sur lui la vigueur de l'éternité. Son corps droit et ses mouvements rapides ne laissaient paraître aucun signe d'affaissement. Seule sa barbe, longue et blanche comme celle du Père Noël, trahissait le passage du temps. D'origine algérienne, le père de Gabriel parlait yiddish avec un accent pied-noir à couper au couteau, portait une petite paire de lunettes uniquement pour lire et une kippa noire qui lui couvrait l'ensemble du crâne et laissait passer, autour des oreilles, des cheveux bruns, à peine souillés par quelques mèches grises, entrefilées le long de ses papillotes. Il portait sur son visage le masque de l'autorité. Il parlait peu, mais jamais sa parole ne pouvait être remise en cause. Ses mots valaient ceux d'un prophète, à la maison et au tribunal où il rendait la justice divine depuis quarante ans. Des histoires de divorce, d'adultère, de propriété, parfois sordides. Dans les textes, il cherchait le sens de la loi, et dans les textes, il la trouvait. Chacun de ses ordres portait le poids d'une décision mûrement réfléchie. Aussi, quand Gabriel fut convoqué dans son bureau et qu'il lui intima de se préparer à devenir juge à son tour, il était hors de question de le contredire.

Gabriel est le dernier d'une fratrie de huit enfants, et aucun n'a fait ce choix périlleux. Ses frères et sœurs mènent des carrières respectables, des vies honorables, mais aucun n'a ses capacités. Le benjamin peut lire et retenir par cœur des pages entières du Talmud, décortiquer les pensées les plus complexes des commentateurs de Babylone, tenir la dragée haute à ses professeurs sur des sujets profondément techniques, réciter par cœur des livres de prières entiers. À seize ans reposaient sur ses épaules, déjà larges pour son âge, tous les espoirs de son père. La perspective de le voir prendre sa place, le remplacer puis le dépasser. Porter le nom de Goldman au firmament de l'honorabilité.

Pour cela, il lui fallait quitter Paris, ses rues et ses pensées trop étroites, pour rejoindre une yeshiva à sa hauteur en Terre sainte, à Jérusalem. Le père jeta son dévolu sur Poniovitch, la plus prestigieuse de toutes. « La Harvard des Yeshivot », se moquait gentiment Harry. Après plusieurs entretiens, sa candidature fut retenue, ses bagages prêts, quasiment sur le pas de la porte. Mais Gabriel, une fois de plus, hésitait. L'envie de faire plaisir à ses parents le poussait à embrasser cette carrière d'homme de loi que tous les signes du destin semblaient illuminer sur son chemin. Mais son corps, lui, réclamait autre chose. Avec son mètre quatre-vingt-dix et ses soixante-dix-huit kilos, le jeune homme aspirait à une vie d'action, de mouvement, de voyages. Découvrir le monde, d'autres cultures, d'autres langues, d'autres paysages, d'autres lieux que les bancs sales d'une salle d'étude. Ne pas rester enfermé et ne côtoyer que des gens qui lui ressemblent, comme dans une salle recouverte de miroirs. Il sentait que son histoire s'écrivait dans un livre dont il ne tenait pas la plume, et ça le dérangeait. Malgré tout, il quitta la capitale pour Jérusalem, incapable de rejeter les ordres de quelqu'un qui savait ce qu'il voulait, contrairement à lui. Dans le même temps, Harry n'obtint pas de place dans la classe préparatoire qu'il visait. Une aubaine. Gabriel parvint à le convaincre de l'accompagner à Jérusalem quelques mois pour se ressourcer.

Poniovitch est une fourmilière. Un bâtiment imposant, blanc, aux fenêtres étroites, situé dans le quartier Beit Israël, au nord de la vieille ville. À l'intérieur, ça grouillait d'hommes en chapeau noir qui se bousculaient, s'interpellaient, chantaient, criaient, chuchotaient, riaient, dans une énergie perceptible même par un non-croyant qui serait passé par là. De 8 h à 17 h, Gabriel y étudiait sans relâche les textes sacrés, trouvant enfin des esprits aussi vifs que le sien pour défier ses certitudes. Le soir, épuisé, il rejoignait l'appartement qu'il partageait avec son meilleur ami. Un deux-pièces miteux, aux murs humides, gorgés de cafards, qui à leurs yeux ressemblait à un palace. Leur premier chez-eux. Ensemble, ils déambulaient dans les rues escarpées de la vieille ville, refaisaient le monde autour d'un falafel ou d'un shawarma, le cœur embaumé d'épices, les yeux éblouis par la beauté des pierres de la ville, les chants qui ne cessaient jamais d'envoûter les allées.

– À n'en pas douter le centre du monde, partageait le jeune Goldman à son colocataire et, immédiatement, s'ensuivait un débat animé sur le sujet : *Jérusalem est-elle le centre du monde alors que le monde ne la considère même pas comme la capitale de l'État qui l'abrite ? Et Varanasi, capitale spirituelle de l'hindouisme et son milliard de pratiquants ?*

Les discussions se poursuivaient tard dans la nuit, le soleil se couchait, épuisé de les entendre, et eux se saoulaient de leur liberté d'adulte.

Deux ans et demi se sont écoulés ainsi, dans l'intensité de l'étude et la quiétude du quotidien. Le soir du vingtième anniversaire de Gabriel, l'atmosphère de la ville avait changé. La tension était palpable entre Juifs et musulmans autour de l'esplanade des Mosquées. Dans le quartier arabe qui jouxtait le Mur des Lamentations, les regards se voulaient lourds, noirs, agressifs. On n'était le bienvenu nulle part. Cela n'empêchait pas les deux amis de continuer à faire leur marché au souk. Le prix des fruits et légumes y était bien moins cher que du côté israélien, et chaque shekel comptait pour terminer le mois. Ils projetaient de célébrer Gabriel dans un petit restaurant situé sur le toit d'un immeuble en pierre, sur les hauteurs de la vieille ville. Les plats n'y payaient pas de mine, mais ils ne se lassaient pas de la vue époustouflante sur le moulin de Montefiore illuminé, les murailles en contrebas et le dôme doré de la Mosquée al-Aqsa. Les mains prises par des sacs remplis de tomates, concombres, pastèques, melons, amandes, noix de cajou et pommes de terre grenailles, les deux jeunes Juifs, habillés du costume traditionnel orthodoxe, veste, pantalon et chapeau noir, tentaient de se frayer un chemin au milieu de la foule, sous les arcades escarpées de Kufr Akab, le versant musulman de la ville, quand le drame est survenu.

Derrière eux, un petit groupe d'hommes s'est mis à les suivre. Sur la tête, ils portaient des turbans colorés qui masquaient leurs visages. À la main, des tubes en fer, vides mais solides, ceux dont sont faits les échafaudages. Au fil de la marche, ils se sont approchés. Instinctivement, la foule des passants s'est écartée, et sans qu'il ait le temps de se retourner, Harry a été frappé le premier. Un grand coup sur l'épaule, une douleur aiguë, un bruit d'os qui se brisent sous la violence du geste et le cri de sa surprise qui fend le ciel crépusculaire. La suite n'aura été que brutalité et précipitation. Des poings qui frappent, du sang qui gicle, la peau qui se fend, le bruit du métal et des hommes qui encouragent tandis que les femmes détournent le regard, les agresseurs qui se dispersent en quelques secondes, et deux corps qui gisent sur le sol, inertes, assommés par la souffrance et la peur.

En quelques jours, Harry et Gabriel ont paqueté leurs affaires et sont rentrés à Paris, le cœur lourd, des plaies invisibles encore plus douloureuses que celles qui lacéraient leur peau. *Où se trouvait D.ieu lors de l'agression ?* La question tournait en boucle dans leurs bouches et nulle prière, nul commentaire ou texte du Talmud ne permettaient d'y répondre.

Alors qu'habituellement, ce sont les Juifs qui quittent la France par crainte de l'antisémitisme, les deux hommes ont fait le chemin inverse. De retour à Paris, ils ne se sont plus revus pendant quelques semaines, chacun se réfugiant au creux du foyer familial pour se reconstruire. La culpabilité de Gabriel le rongeait. C'est lui qui avait entraîné son ami dans cette histoire, cette année de césure dont Harry n'avait pas besoin. Il s'en voudrait toute sa vie pour chaque séquelle que le garçon conserverait, chaque trace, chaque cicatrice. Ce qui le tourmentait encore plus, c'était de savoir ses agresseurs libres, hors de portée, de les imaginer fiers de leur coup, couverts de remerciements et de cadeaux pour leur acte héroïque. Et la police, impuissante, qui ne cherche même pas à les retrouver, peine perdue, les prisons sont pleines de ces lâches voyous qui se prennent pour des résistants. Tant qu'ils ne tuent pas, ça va.

C'est le sentiment d'injustice qui lui rongeait les ongles, qui lui trouait l'estomac, qui lui collait des migraines à se taper la tête contre les murs. L'impunité le révulsait. Il en faisait des cauchemars, des bains de vengeance insoutenables lors desquels il rendait coup pour coup, œil pour œil, dent pour dent. Il passait ses journées dans le noir, enfermé dans sa chambre, à ressasser ces quelques secondes de son existence qui lui faisaient oublier toutes les autres, les minutes, les mois, les années qui les avaient précédées.

Le soir de Roch Hachana, il se leva enfin, afin d'honorer la nouvelle année à la table de son père. Ses frères et sœurs avaient fait le déplacement pour l'occasion. Pour la première fois depuis longtemps, l'appartement de la rue Manin se trouvait à nouveau rempli d'enfants de toutes tailles, de poussettes, de jouets, de biberons. Les cris aigus de la marmaille remplaçaient le silence profond de ces dernières semaines. Ses parents retrouvaient le sourire, les bras chargés de petits-fils et de petites-filles qu'ils couvriraient d'affection et de confiseries. Les murs reprenaient vie. Enfin, on se sentait à l'étroit.

Entre la pomme et le miel, tandis que sa mère distribuait des tranches de fruit aux enfants pour les faire patienter à table, Gabriel se décida à annoncer à son père la première décision de sa vie : il ne reprendrait pas ses études de Dayan. Il abandonnait la yeshiva pour passer les concours externes de la police nationale afin de devenir officier. C'était la façon dont il voulait rendre la justice.

Personne ne réagit dans un sens ou dans l'autre. Pas de scandale, de refus, de débats. La douleur de l'agression demeurait encore vive, les blessures à peine cicatrisées. On n'osait pas bousculer le petit dernier. Dans les yeux de son père, Gabriel cherchait de la déception, de la colère, mais à la place, il lut de la lumière, la lumière de la fierté. Enfin, son fils choisissait son destin.

Au quotidien, la vie de Gabriel balance entre deux mondes. Au commissariat, la laïcité lui impose la discrétion. La peur de l'antisémitisme aussi. Il en a vu passer, des histoires d'agressions envers de jeunes Juifs, dissimulées sous le tapis pour ne pas faire gonfler les statistiques inutilement. Des personnes âgées défenestrées par des assassins rangés dans la case « déséquilibré ». Les discussions de ses collègues, au bar. Un verre dans le nez, ils mettent tous les sémites dans le même sac, musulmans, Juifs, trop bruyants, pas assez blancs. Le jeune homme ne veut pas éveiller les soupçons, encore moins la défiance. Le soir, lorsqu'il lui arrive d'être de service, il s'éclipse quelques minutes dans le local électrique pour effectuer rapidement ses prières. Sous ses chemises blanches, il porte un talith katan, qui lui fait comme un tricot sur la peau, même en plein été. Il le considère comme son gilet pare-balles. Masquer son identité ne lui demande aucun effort. Pour un Juif, se cacher est une seconde nature.

Il aurait pu tout abandonner. Il y a pensé. Poser sa kippa et ne plus jamais la remettre sur sa tête. Il l'a envisagé, non comme une possibilité mais un acte de vengeance, oui, envers celui, là-haut, qui lui inflige tant de douleurs. Souvent, depuis son départ de Jérusalem, il est pris de crises de colère, sans raison apparente, juste les doigts qui picotent et le besoin impérieux de frapper dans quelque chose. Au commissariat, il suit des cours de boxe entre midi et deux. Ça lui évite les déjeuners gênants où il commande une salade, qu'il découpe consciencieusement sans porter la moindre feuille à sa bouche. Et toute cette violence qui s'échappe de ses poings, il ne l'inflige à personne. Gabriel cherche une façon de canaliser l'énergie dont il regorge pour donner un sens à sa vie.

Il s'accroche à l'affection de ses proches. À sa grande sœur, Hannah, qui l'appelle chaque soir, à 19 h, pour prendre de ses nouvelles. À Harry, son ami, qui a repris ses études d'ingénieur, dans une école moins cotée que prévu, mais tant pis. À son grand frère Joseph, qu'il passe parfois voir à la boucherie de la rue de Crimée, à l'aube, avant de se rendre au travail. Ensemble, ils taillent une bavette tandis que l'aîné range les pièces de bœuf dans la chambre froide.

Joseph est schohet. C'est en pensant à lui, à toutes ces fois où il l'a vu exécuter les bêtes d'un coup de lame ample et rapide, que le jeune officier de la PJ a fait le rapprochement avec le meurtre de Sophie Marsault. Il a reconnu le même geste, effrayant d'efficacité. Un geste qu'il faut accomplir sans la moindre hésitation pour que l'animal devienne propre à la consommation. Pour qu'il ne souffre pas avant son dernier souffle. Sophie Marsault a-t-elle souffert, elle ?

Une nuit de plus, Gabriel demeure éveillé. Dans les locaux de la police judiciaire, le silence règne. Quelques écrans d'ordinateur allumés projettent une lumière blanche faiblarde dans l'obscurité du grand open space où sont entassés habituellement tous les officiers du service. Les bureaux individuels, alignés le long de la mezzanine qui surplombe la vaste salle, sont réservés aux gradés et aux interrogatoires. Avant d'être réaménagé, le lieu servait d'usine d'assemblage à Renault, au début du siècle. D'où cet alliage de béton et d'acier qui donne à l'endroit un cachet particulier, différent des autres commissariats. Le poste de Gabriel se trouve tout près des toilettes pour femmes. Dernier arrivé, dernier servi. Peu importe, il s'y assoit peu. La commandante Miller l'envoie sans cesse en vadrouille. Avec sa hanche détruite, elle limite autant que possible les déplacements inutiles. Le jeune officier est ses yeux sur le terrain. Elle apprécie son sens de l'observation, ces détails qu'il n'oublie pas d'énumérer, contrairement à ses prédécesseurs. Ensemble, ils forment une équipe efficace. La tête et les jambes, comme tous ces duos de flics dans les films américains des années 90 qu'il n'a jamais vus.

Assis au bord d'un siège en plastique inconfortable, une tasse de thé bouillant à la main, il relit le rapport de police envoyé plus tôt par les équipes d'Interpol via le système de communication sécurisé I-24/7. Les photos du meurtre de Sophie Marsault, diffusées sur les réseaux sociaux, ont suscité des réactions surprenantes. Ce n'est pas le mode opératoire qui a étonné les superflics de l'instance internationale de police criminelle. Pas plus que la célébrité de la victime.

Lorsqu'il a vu les photos des pièces à conviction, la mémoire visuelle de Jürgen Stock, le secrétaire général de l'organisation, n'a pas eu besoin de beaucoup de temps pour faire remonter à la surface de vieilles données poussiéreuses. En poste depuis 2014, l'Allemand a vu passer des palanquées d'affaires internationales, toutes plus sordides les unes que les autres : corruption, pédocriminalité, trafic de stupéfiants, criminalité financière, trafic d'armes à feu, traite d'êtres humains, trafic de migrants, crimes de guerre. Son rôle de coordinateur l'oblige à prendre connaissance de toutes les affaires ou presque des quelque 195 États membres de l'institution qu'il dirige, aux côtés du général major Ahmed Naser Al-Raisi.

Alors qu'il était encore officier de la police judiciaire du Land de Hesse, une affaire non élucidée a particulièrement marqué Jürgen Stock, par la cruauté indescriptible de la scène de crime. En 1985, à Wiesbaden, tout près du quartier où il vécut enfant, le corps d'un homme fut retrouvé, démembré et déchiqueté, au beau milieu de la cage aux lions, dans la section de la ménagerie dédiée aux grands fauves. La plupart des bouts de chair dévorés par les félins, les policiers allemands avaient eu le plus grand mal à l'identifier. Il s'agissait de Karl Krone, le fondateur et directeur du cirque Krone, l'un des plus prestigieux du pays, connu pour être le seul au monde à détenir deux girafes albinos. Étrangement, les lions n'avaient épargné qu'un membre, la cuisse, révulsés par l'odeur de détergent qui en émanait. Sur le haut de la jambe droite se trouvait une trace, grossière, insignifiante : trois taches brunes, dessinées au feutre indélébile. Imprimées à jamais dans la mémoire du désormais numéro 2 d'Interpol.

Les mêmes formes, retrouvées sur les clichés du corps de Sophie Marsault, ont ramené Stock trente-huit ans en arrière. Au téléphone, Gabriel à l'autre bout du fil, il semblait impatient, presque enthousiaste, à l'idée que l'enquête puisse être rouverte, grâce à son rôle au sein de l'organisation internationale. Il transmit son rapport immédiatement et, depuis, le jeune officier français cherche, relit, dissèque chaque phrase à la recherche d'un indice qui pourrait répondre en miroir à ceux de l'assassinat de la chanteuse.

Si la signature paraît identique, le mobile demeure inconnu, et le profil des deux victimes, diamétralement opposé. Karl Krone, soixante-dix ans, semblait être un grognard du cirque, décrit par ses acolytes comme un homme petit dans tous les sens du terme, aigri, agressif, qui avait toujours vécu dans sa roulotte, écumant les routes d'Allemagne et de Pologne. Si on ne lui connaissait pas de femme, les femmes le connaissaient, lui et ses mains baladeuses, ses sous-entendus vulgaires, cette façon de se frotter sans faire attention. Quand il avait une pinte dans le nez, mieux valait ne pas l'approcher. Dans son casier judiciaire, Gabriel a retrouvé trois ou quatre mains courantes, des plaintes de jeunes employées qui n'ont donné suite qu'à des dédommagements et de plates excuses. Pas de quoi se faire dévorer par les fauves, comme à l'époque des jeux du cirque.

Les détails de l'enquête s'étalent sur près de trente pages. Affaire classée sans suite, au bout de deux ans d'investigation. Parmi les suspects, rien d'inhabituel. Un bras droit trop ambitieux, un client insatisfait, un concurrent jaloux. Pourtant, un détail trouble Gabriel. Dans l'enclos des lions, au milieu des bouts de chair déchiquetés et sanguinolents de Karl Krone, on retrouva des morceaux de caoutchouc issus du latex de l'arbre hévéa. Que venaient-ils faire là ?

13

UNE AFFAIRE INTERNATIONALE

Il est 6 h du matin. L'aube ne s'est pas encore enhardie. À cette période de l'année, les premiers rayons du soleil tardent à fendre l'armure de la nuit. Au 27, boulevard Bourdon, les couloirs du commissariat sonnent désespérément vides. L'équipe de nuit s'est enfermée dans une salle pour somnoler. Les rixes nocturnes se font rares dans le quartier.

Gabriel Goldman n'a pas eu le temps de rentrer chez lui. Fatigué, hagard, les yeux épuisés par la lumière bleue de son écran d'ordinateur, il a besoin d'un thé bien chaud. La machine de la salle de repos en panne, il s'autorise à descendre au troquet d'en bas. La commandante ne devrait arriver que dans une heure. Il a le temps.

À l'intérieur du bar, ça sent le détergent bon marché. Trois éboueurs en tenue fluorescente se donnent du courage autour d'une bière avant d'aller ramasser les déchets franciliens. Une jeune étudiante s'affaire sur son ordinateur. Gabriel imagine un devoir à rendre ou un partiel à réviser. Au fond de la salle, le siège collé contre le mur où sont encadrées des affiches du Festival de Cannes, elle est là.

Victoire Miller a le regard dans le vague, une tasse de café fumante sous le nez, les cheveux attachés et encore humides par son heure de piscine matinale, son gros manteau en cuir sur les épaules. Dehors, les températures demeurent négatives, une fine pellicule de gel recouvre les voitures garées le long des trottoirs, les néons de la ville posent sur les rares passants un halo de lumière qui les fait passer pour des fantômes.

Gabriel s'approche, il ne sait pas encore s'il doit laisser sa patronne tranquille, faire semblant de ne pas l'avoir vue et se trouver une autre place de l'autre côté de l'établissement, ou bien s'asseoir en face d'elle, comme s'ils s'étaient fixé rendez-vous. Il l'observe, ça ne dure pas longtemps, mais son visage lui paraît plus doux, d'un coup, plus triste aussi, comme si une cicatrice invisible lui barrait le front. C'est le bruit strident de la chaise qui recule contre le lino qui ranime la commandante. Elle recouvre ses esprits et remet son masque d'autorité en une fraction de seconde, surprise de retrouver son jeune adjoint à une heure pareille. Elle a ses habitudes ici. Un macchiato allongé et une tartine de pain beurrée avant de rejoindre le bureau. La lecture du *Parisien*, les pages faits-divers d'abord, puis le reste. Le journal est attaché à une longue tige de bois, pour ne pas qu'un client mal intentionné l'emprunte. Le maître des lieux prend les commandes derrière son bar.

– Qu'est-ce qu'il prendra, le monsieur ?

Gabriel demande un thé vert et entend le patron marmonner « boisson de gonzesse » sous sa moustache mal taillée. Ça fait sourire Victoire et elle lui offre pour la première fois un regard attendri, bienveillant, presque charmant. Cela fait plus de six mois qu'ils travaillent ensemble et le jeune homme s'astreint, depuis le premier jour, à grignoter mètre par mètre la distance qu'elle a posée entre eux. Ce sourire représente une étape importante, presque une victoire. Un jour, elle lui fera confiance et il deviendra alors un véritable flic.

– Vous êtes tombé du lit ou vous avez passé la nuit au commissariat ? demande-t-elle par politesse.

Fâcheuse habitude de poser des questions dont elle connaît déjà la réponse.

– J'ai relu le rapport d'Interpol. C'est étrange, ces deux crimes à trente-huit ans d'écart, vous ne trouvez pas ?

– Soit il s'agit d'une fausse piste…

– Soit il y en a sûrement d'autres. C'est exactement ce que je me suis dit. J'ai accédé à leur base de données, mais je ne sais même pas quel mot-clé entrer pour effectuer mes recherches : Tache ? Tatouage ? Sacrifice ? Islamisme ?

Elle l'interrompt.

– Cherchez à « jouet ». J'ai repensé à notre conversation. La présence d'une Sophie la girafe sur la scène de crime. Et dans la cage aux lions de Wiesbaden, on a retrouvé…

– Des bouts de caoutchouc. Vous pensez qu'il s'agit d'une signature de l'assassin ?

– Plutôt d'un message.

– Bien, Chef, je m'en occupe.

– Ne m'appelle plus Chef. Victoire suffira. On travaille ensemble depuis assez de temps maintenant. Et puis, on va se tutoyer, ça me rajeunira un peu.

Au jeu de l'oie de la complicité, Gabriel Goldman vient de sauter trois cases. Il en rougit, mais Victoire ne le remarque pas. Elle s'est déjà levée, a déposé quelques pièces dans la coupelle en plastique verte qui sert de porte-addition et s'appuie sur sa canne pour rejoindre la sortie, tandis que

Gabriel la suit en enfilant sa parka sombre. Un observateur extérieur pourrait penser qu'ils forment un couple qui se quitte après une nuit blanche et sauvage. D'ailleurs, le barman les gratifie d'un « Bonne journée les amoureux » que Victoire fait mine de ne pas entendre. Dehors, le froid glace les doigts et embrume les cœurs.

Le commissariat ne se trouve qu'à quelques mètres. Grand bâtiment cossu, on y entre par une large entrée en briques surveillée par deux gardiens de la paix frigorifiés. Devant, des véhicules blancs, siglés du logo de la police, sont garés en épis. À l'intérieur, les espaces sont vastes et bétonnés. Accrochées aux hauts plafonds pendent de larges barres de néons qui diffusent une lumière polaire sur le sol gris. À l'entrée, un drapeau français accueille les visiteurs, seule trace de couleur du bâtiment. Les murs ne sont décorés que de plaques commémoratives et de fiches d'informations ou d'interdictions, au-dessus des sièges en plastique blanc fixés au sol, usés par le temps. Miller et Goldman traversent sans un bruit le hall d'entrée où les plaintes de la nuit patientent. Un vieil homme cambriolé. Une jeune femme agressée. Un quadra qui a retrouvé sa voiture calcinée en bas de chez lui. Des histoires sordides qui s'enchaînent au guichet, contes de faits-divers sans fin.

À l'étage, le bureau de Victoire est fermé à clé. Elle l'ouvre, ils y pénètrent tous les deux, allument la pièce, l'ampoule met un peu de temps à s'allumer, tout comme l'ordinateur, un vieux modèle de PC qui a bien du mal à supporter la somme de données qu'on lui demande chaque jour. Les pages mettent un temps fou à s'afficher, ce qui a le don d'irriter la jeune femme qui réclame un nouvel appareil depuis des mois. « On verra après les élections », lui répète inlassablement le commissaire Lachkar, comme si le président de la République lui-même allait le lui offrir.

Après quelques secondes qui se prennent pour des minutes, Victoire accède à la base de données d'Interpol. Elle y inscrit le mot de passe de son matricule. Le logo de l'organisation internationale apparaît, un globe terrestre entouré de branches d'olivier, fendu d'un glaive en son centre et des deux balances de la justice. En dessous, une barre de recherche vide attend d'être remplie.

De ses deux index, la commandante compose lentement cinq lettres : J.O.U.E.T. *Aucun résultat ne correspond à votre recherche.* Elle tourne autour du mot, dans diverses langues et variations, mais rien. *Aucun résultat ne correspond à votre recherche.*

Au-dessus de l'épaule de Victoire, Gabriel peut sentir l'odeur parfumée de ses cheveux. Son corps se laisse attirer par ces effluves de vanille et d'aloe vera. Le désir monte. Embarrassé, le jeune flic ne sait pas quoi en faire. Dans la rue, il a pris l'habitude de détourner le regard à la vue d'une jolie fille, de ne pas fixer les publicités de lingerie, de ne jamais s'adresser à une inconnue. De son judaïsme, il a fait des barricades. Mais dans ce bureau, seul avec sa patronne, il se sent démuni.

Bingo. Le terme, désuet, fait chuter le niveau d'inattention du garçon. Tout à coup, Miller redevient sa supérieure, douze ans de plus que lui, qui tape sur son clavier avec deux doigts parce qu'elle n'a pas grandi avec un ordinateur entre les mains.

Dans la zone de texte, il lit le mot « girafe » suivi du message suivant : *Six occurrences correspondent à votre recherche.*

Victoire fait rapidement défiler les pages de ces vieilles histoires oubliées. Date, lieu, faits, suspects et, à la fin, toujours le même tampon rouge en guise de conclusion : *Cold case.*

La plus ancienne date de 1985 et ils la connaissent déjà : Wiesbaden. Karl Krone et ses deux girafes albinos. Dans le dossier, il est mentionné que le directeur du cirque se faisait harceler par des associations de protection des animaux qui réclamaient que les deux mammifères soient remis en liberté dans leur habitat d'origine. Une tentative d'évasion a même été organisée par des bénévoles de la WWF, un an avant l'assassinat. Échec. À cette époque, la cause animalière ne soulevait pas encore les foules et aucun réseau social n'offrait de caisse de résonance pour influencer l'opinion. Cela signifie-t-il qu'un sympathisant un peu déséquilibré ait pu se risquer à une solution plus radicale ? Gabriel le pense, mais le poids de son inexpérience l'oblige à conserver ses opinions pour lui-même. « Quand on n'est pas sûr de soi, mieux vaut se taire », lui répétait son père.

Cinq ans plus tard, le 21 juin 1990, le talentueux et excentrique styliste Lamine Badian Kouyaté, créateur de la marque Xuly.Bët, s'est effondré sur scène en plein défilé, une fléchette empoisonnée dans le cou. Ses mannequins frêles et blonds venaient de présenter sur le catwalk sa nouvelle collection d'hiver baptisée Blotch, exclusivement réalisée en peaux d'animaux sauvages tachetés. Zèbre, girafe, jaguar, découpés en robes échancrées, manteaux excentriques, pantalons multicolores. Scandale assuré. La presse spécialisée considérait déjà Lamine comme le Karl Lagerfeld du continent africain. Anna Wintour s'était même déplacée jusqu'à Dakar pour le rencontrer. D'étoile, le jeune créateur est devenu comète, s'écrasant cyniquement sur la terre qui le consacrait enfin. Le poison ne mit que quelques minutes à refroidir son talent.

– Je me souviens de cette histoire. Je l'ai lu dans le *Elle*, il me semble.

– En tout cas, si ces deux affaires sont liées au meurtre de Sophie Marsault, ça élimine d'office la piste de Sophie Malkowski. En 1990, elle n'avait que sept ans. Et moi, je n'étais même pas né…

– Regarde !

Du doigt, Victoire pointe les photos de la scène de crime numérisées par la police locale. Elles se chargent si lentement à l'écran, ligne par ligne, que les deux flics ont le temps de s'appesantir sur chaque détail de l'image. *Regarde*. Lamine Badian Kouyaté s'est effondré au pied du catwalk, son corps gît sur le dos, regard dans le vide, près des sièges du premier rang abandonné. Sa main droite se tient la gorge, comme s'il étouffait ou cherchait à recracher le venin par la bouche. Les manches de sa chemise bariolée sont retroussées jusqu'au coude, laissant apparaître les tatouages qui habillent ses avant-bras. Sa paire de lunettes de vue traîne sur la moquette épaisse de la salle, au milieu des coupes de champagne, des leaflets, des stylos, des téléphones portables abandonnés par les invités dans la précipitation de l'évacuation. Sous une chaise pliante, à quelques centimètres de la victime, elle se trouve là, allongée sur le dos, le regard inexpressif, attendant patiemment qu'on remarque sa présence : Sophie la girafe.

Victoire tremble en retrouvant la trace de cet objet innocent à des milliers de kilomètres de sa propre enquête. Une image lui trotte dans la tête. Petite, son père lui lisait des histoires de la mythologie grecque pour l'endormir. À chaque page, de jolies illustrations accompagnaient les aventures des dieux, crayonnés sous des traits parfaitement proportionnés. Parmi elles, un objet l'attirait comme un aimant : la boîte de Pandore. Noire. Mystérieuse. Fermée. Trente ans plus tard, Victoire vient de l'ouvrir. Au-dessus de son ordinateur défilent des fantômes du passé, des âmes errantes de n'avoir pas vu leur assassin identifié.

La liste des suspects ne lui est malheureusement d'aucune utilité : l'ex-femme de Lamine, délaissée pour ses mannequins blanches ; sa patronne, jalouse de cette lumière qui lui faisait de l'ombre. Personne susceptible d'avoir fréquenté Sophie Marsault.

Sans en parler ouvertement, Gabriel s'étonne d'une chose : le sexe des suspectes. Sophie Malkowski en France, l'ex-femme de Lamine à Nairobi. Silencieusement, il vérifie une information sur son téléphone portable : moins de 10 % des affaires criminelles de ce pays ont vu une femme condamnée. Et il a beau chercher dans sa mémoire : aucun nom de tueuse en série célèbre ne lui revient en tête. Pourtant, lors de sa formation d'officier de police judiciaire, une partie des cours avait été consacrée aux meurtrières. « Les hommes tuent pour le pouvoir, le contrôle, la domination et l'excitation sexuelle, expliquait son enseignant. Leurs victimes sont majoritairement des personnes qui leur sont étrangères. En revanche, les femmes tuent, dans la majorité des cas, des personnes qu'elles connaissent et sont attirées par le bénéfice financier qui leur apporte un certain confort. Elles peuvent aussi agir pour se sentir puissantes et prendre une revanche sur leur passé. » Peu à peu, ce cours bachoté sans y prêter attention à l'époque, se voit exhumé de la mémoire du jeune flic. « Si les hommes tuent de manière brutale, les femmes utilisent souvent des moyens plus discrets, principalement le poison ou les médicaments, analyse l'auteur. Plus que de faire souffrir, elles veulent avant tout mettre fin aux jours de leur victime. » Sur les bancs de sa classe, il avait trouvé ce professeur rétrograde, misogyne, malaisant. Ce matin, son discours passéiste prend une autre tournure. « Il existe certainement une différence vertigineuse entre le nombre de crimes perpétrés par des femmes et ceux qui sont réellement condamnés. On ne se méfie pas d'elles. On les juge avec mansuétude. On les remet en liberté. Mais souvenez-vous d'une chose : les tueuses en série font bien plus de victimes que leurs homologues masculins. »

La page suivante transporte les deux policiers sur un autre continent au début du siècle, en 2001. La victime s'appelle Aya. Scientifique, elle dirige le laboratoire de recherche de la marque Shiseido, géant japonais de la cosmétique. Ses bureaux se trouvent en banlieue Nord de Tokyo, une zone industrielle sans charme où des forêts de bâtiments ternes fleurissent chaque année là où poussaient autrefois des champs de cerisiers. Du gris à la place du rose. Aya est racontée pudiquement par ses collègues comme une femme zélée, divorcée, capable de passer des nuits blanches au bureau pour respecter les délais imposés par sa hiérarchie et faire avancer le développement de nouveaux produits. Le Japon à la conquête du monde. Généticienne émérite, elle menait, au moment de sa disparition, des recherches très avancées sur les bienfaits insoupçonnés de certaines molécules, découvertes dans du sang de girafe, sur la régénération des cellules de la peau. Comme souvent, la solution aux maux de ce monde se trouvait déjà dans la nature. Il suffisait de le trouver. Cette quête insensée de la jeunesse éternelle poussait Aya à enfreindre les limites de la morale et de la déontologie. Ses supérieurs fermaient les yeux. Des rumeurs circulaient dans les couloirs de la multinationale. Des girafons seraient tués par dizaines dans les sous-sols de l'entreprise. Des tests à vif pratiqués sur leurs parents. Leurs cadavres entassés dans des frigidaires et brûlés la nuit au fond de gigantesques fours crématoires. Nul n'a jamais su ce qui avait mis fin à ces expériences lugubres. Peut-être le corps d'Aya, étouffée, au beau milieu de son laboratoire, une queue de girafe autour du cou.

Victoire Miller avale une nouvelle gorgée de macchiato. Son affaire prend une nouvelle tournure. Une intense migraine la saisit, voile d'angoisse qui pèse sur ses neurones comme un corps sans vie. La commandante n'a encore jamais été confrontée à un tueur en série, encore moins à un assassin dont le terrain de jeu ne connaît pas de frontières. Des sentiments ambivalents la tenaillent : la crainte de ne pas y arriver. L'adrénaline d'un défi hors normes. La peur qui vous étreint à l'entrée d'un virage dangereux. L'envie de vaincre un Goliath.

Difficile de qualifier Victoire de carriériste, mais comme toutes les femmes qui évoluent dans un monde d'hommes, elle a dû se battre pour s'imposer. En faire deux fois plus pour se faire remarquer. Forcer sa nature et se muer en un personnage autoritaire, aboyeur, respectable. « Une femme avec des couilles », comme ils disent dans le service. Les épreuves l'ont forcée à s'endurcir. Sa hanche est devenue un handicap autant qu'une source de motivation. Au marathon de la réussite, elle a couru deux fois plus vite pour rester dans la course. Résoudre une enquête de cette envergure lui permettrait de briguer la place de Lachkar. Le vieux quitte son poste dans quelques mois. Entre les quatre commandants du commissariat, la lutte s'avère féroce pour récupérer son trône. C'est à elle que le commissaire a confié l'affaire Sophie Marsault, sans qu'elle ne sache vraiment s'il s'agit d'une marque de confiance, d'un test décisif ou d'une façon de lui savonner la planche. Si elle se plante, les autres n'hésiteront pas à se repaître du cadavre de ses ambitions.

Au-dessus de Victoire stagne un nuage de fumée blanche. Ce n'est pas le résultat de son cerveau en surchauffe, mais les effluves de sa cigarette électronique qui exhalent un parfum sucré de fraise dans tout le bureau. Dans son dos, Gabriel en a la nausée, mais n'ose faire la moindre remarque. Il se concentre sur l'écran et ces mots qui forment un puzzle dont la taille s'agrandit à chaque nouveau cas. Sur des pages et des pages s'étalent des macchabées assassinés dans des circonstances chaque fois plus étranges, des vies qui ne semblent liées par rien, pas le même âge, le même sexe, la même nationalité mais que la mort a rattachées. Sur chaque corps refroidi, le rapport d'autopsie indique une trace brune qui forme une tache. Pas une tache de naissance. Une tache de mort.

Les derniers cas sont plus récents. À Moscou, en 2021, Vladimir Mukhlin, grand chef ukrainien connu pour sa cuisine excentrique et ses relations sulfureuses avec la mafia, a été assassiné dans la cuisine de son restaurant, un steak de chair de girafe sur le feu. En 2016, au bord du Loch Lomond, en Écosse, Randall McLeod, photographe animalier de renommée internationale, est retrouvé pendu sur la terrasse de sa maison. À voix basse, Gabriel recense le nombre d'enquêtes exhumées : 6.

– Sans la notoriété de Sophie Marsault, ces affaires seraient restées au frigo, lâche Victoire, sa tasse de café à moitié pleine.

– On n'a pas encore retrouvé celui ou celle qui se trouve derrière tout ça, corrige Gabriel en avalant une gorgée de son verre de thé à moitié vide.

– Il s'agit peut-être d'une organisation terroriste. Une espèce de Daech animaliste dont les ramifications se prolongeraient dans tous les pays.

– Vous pensez… je veux dire, tu penses qu'on peut tuer au nom de la protection des animaux ?

– Pourquoi pas ? On tue bien au nom d'un être dont personne ne peut prouver l'existence non ?

En disant cela, Victoire adresse un sourire clin d'œil à son acolyte, histoire de voir comment il réagit lorsqu'elle l'emmène sur ce terrain-là. Gabriel fait mine de ne pas avoir saisi l'allusion et poursuit :

– Une chose est sûre. Le, la ou les meurtriers ont fait de la girafe leur animal totem. Ceux qui s'en approchent d'un peu trop près le paient de leur vie. Et ce jouet en latex, qui traîne sur toutes les scènes de crime, tu crois qu'il s'agit d'une simple signature ou d'une véritable piste ?

– Il n'y a qu'une façon de le savoir. Se rendre à l'usine où elles ont été fabriquées.

14

LE COUP DE LA GIRAFE

Dans toutes les rédactions de France, l'ébullition ne retombe pas. Les habituels marronniers de la fin de l'année ont été remisés au placard. Pas de sujet sur le pouvoir d'achat des ménages, la visite chez le Père Noël, les vitrines des grands magasins ou de reportages chez les marchands de jouets débordés par les paquets-cadeaux. La bonhomie des fêtes a bien du mal à se faire une place au milieu de l'affaire du siècle : la star française la plus connue au monde a été assassinée et son meurtrier demeure introuvable.

Les couloirs des journaux, radios, télévisions bruissent d'une folle rumeur : la chanteuse serait la sixième victime d'une série en cours. Effroi et excitation se mêlent dans la voix des chroniqueurs judiciaires chargés de commenter l'enquête sur les plateaux des chaînes d'information. D'un détail, ils font un rebondissement et tiennent des heures à la lumière des projecteurs sur la foi d'une intuition. Les audiences s'envolent, dans l'espoir d'un dénouement en direct. Le feuilleton judiciaire a remplacé les bons vieux films de Noël.

Mandaté par la police nationale pour jouer les VRP, le docteur Arik accepte volontiers les invitations des journalistes, et saute de chaîne en chaîne pour répondre à leurs questions. Télégénique, sa dentition parfaite brille encore plus qu'en réalité et son sourire séducteur tranche avec la gravité de ses propos. Le docteur n'hésite pas à livrer force détails à ses interlocuteurs, mais il ne s'agit jamais que d'une technique éculée pour noyer le poisson et ne révéler que le versant officiel de l'enquête, celui que l'autorise à divulguer sa hiérarchie.

Face aux caméras, le médecin légiste joue aux porte-parole de la police, quand tant de prétendus experts, notamment politiques, n'hésitent pas à jeter leur responsabilité en pâture. Les élus du Rassemblement national jouent la carte de l'immigration, les Républicains celle de l'insécurité et les Insoumis mettent la faute sur la mondialisation. Les yeux dans ceux des téléspectateurs, ils jurent la main sur le cœur qu'avec eux au pouvoir, rien de tout cela ne serait arrivé.

Devant l'écran de télévision installé dans son bureau, Victoire Miller trouve le spectacle pathétique. Concernée au premier chef, elle est atterrée d'entendre de prétendus spécialistes bien informés enfiler les mensonges comme des perles : « On aurait retrouvé l'arme du crime, un djambia à lame courte et courbe, dans les poubelles de l'immeuble de Sophie Marsault ; sa voisine, une vieille dame qui a perdu son mari, jure avoir aperçu, à travers le judas de sa porte, un homme inconnu quitter l'immeuble ; son ex mari aurait reçu des menaces de mort ; l'assassin en aurait après la grande famille de la chanson. » À son corps défendant, elle apprend la loi cardinale du journalisme moderne : tant que personne ne la contredit, une information est vraie.

Il est 20 h passées, cela fait plus de vingt-quatre heures que la commandante n'est pas rentrée chez elle. Affamée, elle engouffre une part de pizza chaude en suivant d'un œil les informations et, de l'autre, l'écran de son ordinateur. Elle y relit une dernière fois le rapport d'enquête journalier qui sera ensuite envoyé au commissaire Lachkar, qui lui-même le transmettra au préfet, puis au ministre de l'Intérieur et enfin au président de la République. Gabriel s'est chargé de le rédiger un peu plus tôt dans la journée. D'ailleurs, elle lui a laissé une moitié de napolitaine, mais le fromage refroidit et son jeune coéquipier a disparu dans les couloirs du commissariat. Ces absences lui sont coutumières. Il s'éclipse quelques minutes et réapparaît comme par enchantement, sans aucune explication. Comme à son habitude, la commandante ne pose pas de question, mais elle se demande ce qu'il peut bien fabriquer, à l'abri des regards. Cocaïne ? Tabac ? Alcool ? Elle ne l'imagine pas sniffer dans un coin ou vider au goulot une fiole de rhum, comme le faisait son père quand il était flic. Le mystère donne à son coéquipier un peu plus de relief, de charisme. À cette heure tardive, ils sont seuls dans les locaux éteints du commissariat. Peut-être que plus tard, dans la nuit, à la faveur de la fatigue accumulée, Gabriel lui livrera quelques secrets ? En attendant, Victoire corrige les fautes d'orthographe, rares, et le style trop enlevé du récit de la journée. C'est désormais une certitude : l'affaire a pris une dimension internationale et les premiers crimes datent de 1985. Il y a trente-huit ans. Les services des différents pays concernés ont été alertés et le ministre s'est assuré que la France conserverait la tête de l'enquête, au moins pour un temps. À ce stade, rien ne permet d'affirmer que le meurtrier agit seul, et les modes opératoires diffèrent. La signature, elle, demeure identique, comme les cailloux abandonnés par le Petit Poucet pour retrouver sa route : des jouets neufs, immaculés, dépourvus de la moindre trace d'ADN, et une tache brune dessinée sur le corps de chacune des victimes.

Le sentiment de patauger dans le brouillard étreint Victoire, incapable de relier les différents points entre eux. Surtout, une culpabilité étrange l'empêche de réfléchir avec discernement. Sophie la girafe. Quelle drôle de coïncidence. Dans le premier tiroir de la table de nuit qui jouxte son lit, elle en conserve une, encore enfermée dans son emballage en plastique. Son père la lui a offerte lorsqu'elle lui a appris qu'elle était enceinte. C'est le premier et le seul cadeau que son fils n'ait jamais reçu. Il ne l'aura jamais tenu dans ses petites mains, jamais mastiqué, jamais humé son parfum d'hévéa, jamais appuyé sur son flanc pour qu'elle émette ce petit sifflement qui l'aurait fait sourire. La girafe restera pour toujours emprisonnée dans son carton et Victoire ne peut s'empêcher d'y voir un signe. Un lien qui la raccroche personnellement au meurtrier, comme s'il souhaitait lui adresser un message. Et s'il était lié à l'attentat de Nice ?

Perdue dans ses pensées, Victoire se voit ramenée à la réalité par la présence rassurante de Gabriel. Elle n'ose l'avouer, mais elle lui trouve du charme et sent, intuitivement, que la réciproque est vraie. Elle aime son corps gracile, l'intelligence qui pétille de ses pupilles, l'enthousiasme qu'il apporte dans une pièce chaque fois qu'il y pénètre et, en même temps, cette part d'ombre qu'il se refuse à révéler. Elle aime aussi qu'il lui porte une attention soutenue, qu'il cherche à anticiper la moindre de ses pensées, qu'il se mette à sa place. Après tant d'années, elle se sent enfin soutenue. Déchargée. Presque légère.

– J'ai acheté les billets. Nous avons rendez-vous demain matin à Rumilly avec le directeur général de Vulli, l'entreprise qui fabrique les Sophie la girafe, détaille le jeune homme.

– Super. N'oublie pas de conserver la facture pour te faire rembourser tes frais. Une part de pizza ? propose Victoire poliment.

– Non merci.

– Tu ne manges jamais ?

– C'est compliqué. Je fais attention à ce que j'avale.

– Très bien. Repassons les dossiers dans ce cas. Qu'est-ce qu'on a ?

– Six meurtres, étalés sur trente-huit ans. Deux femmes, quatre hommes. Tous âgés de plus de quarante ans. Une Française, un Ukrainien, un Allemand, un Écossais, un Sénégalais, une Japonaise. Tous des étoiles dans leur domaine : la musique, la restauration, le cirque, l'image, la mode, la beauté. Connus et reconnus pour leurs talents. À part Vladimir Mukhlin, aucun n'entretenait de relations incestueuses avec la pègre. Pas de dettes ou de passé sulfureux. Pas d'ennemis particuliers.

– Où en est-on de l'analyse graphologique de la lettre de menace de Sophie Marsault ?

– On a comparé l'écriture manuscrite avec celle de l'ensemble des fichiers S de la base de données de la police nationale. Rien. L'analyse montre une personnalité austère, rigide, solitaire. Une histoire de barre sur les « t » et de pression sur les mots. Je n'ai pas tout compris. Je ne fais que répéter les termes de l'experte.

– À part la tache brune et le jouet en plastique, il n'existe aucun lien entre ces six affaires.

– Et la piste islamiste ?

– Tu veux mon avis ? Depuis le temps, on aurait déjà reçu une revendication. Ces gens-là adorent faire les malins sur YouTube. Et il y a trente-huit ans, l'État islamique n'existait pas.

– On revient à la case départ. On a dû rater quelque chose.

Victoire se lève, emprunte un stylo feutre sur son bureau et se met à tracer une ligne verticale sur le tableau en plexiglas qui sert de mur à son bureau.

– On peut émettre au moins deux hypothèses : soit il s'agit d'une organisation internationale, qui agit dans le plus grand secret depuis quarante ans, et dont les ramifications et les motivations nous échappent. Dans ce cas, il faut chercher du côté des sectes, des organisations secrètes, si la girafe représente un signe distinctif quelconque, un logo, un blason, peu importe.

– Je m'en charge. Et la deuxième option ?

– Nous avons affaire à un psychopathe sexagénaire globe-trotter qui, lorsqu'il voyage, préfère zigouiller des « monuments » que les visiter.

– Et les girafes en plastique ?

– Grand-père assassine en famille, son petit-fils sous le bras, et le gamin perd ses affaires chaque fois qu'il a peur.

La fatigue commence à se faire sentir. Victoire ferme les yeux et se met à rire, doucement, puis franchement, de ses circonvolutions idiotes. Ses gloussements communicatifs emportent Gabriel, qui lui aussi se met à pouffer pudiquement. Les yeux de la flic rougissent, des larmes transparentes coulent sur ses joues rougies par l'hilarité, la pression retombe et, sans faire attention à son geste, elle pose sa main sur celle du jeune homme. Elle la retire immédiatement, mais le mal est fait, le venin du désir inoculé, presque par accident, sous la peau de Gabriel. C'est le moment que choisit le prénom du docteur Arik pour apparaître sur le téléphone portable de la commandante, la vibration de l'appareil contre le bois poli du bureau le faisant avancer dangereusement vers le vide. Lorsqu'elle décroche, la voix suave du médecin légiste envahit la pièce à travers le haut-parleur.

– J'espère que tu m'as regardé à la télé…

– Oui, ta prestation ne m'a pas échappé. D'ailleurs, j'aimerais beaucoup que tu me réserves tes conclusions avant d'aller les partager avec des millions de Français.

– Je n'ai rien dit de ce que je sais vraiment, tu le sais bien. Mais si tu m'invites à dîner, je veux bien passer à table.

– J'ai déjà mangé, merci.

– OK, je vois. Tu es avec Rabbi Jacob ?

– Il nous entend, oui.

– *Chalom raver !*

– Bonjour, docteur.

– Tu as du nouveau ou bien tu appelais juste pour prendre des nouvelles de Gabriel ?

– Miller, ton impatience te perdra ! À la lumière des différents cold case que vous m'avez transmis, je suis reparti à zéro, j'ai échangé avec deux ou trois confrères et fait une découverte. Saviez-vous, mes Sherlock Holmes du 4ᵉ arrondissement, que la girafe détient un secret que les cardiologues aimeraient bien percer ? Malgré son immense cou, elle parvient à irriguer son cerveau, perché à cinq mètres du sol, à baisser et relever la tête sans s'évanouir, et elle résiste comme un charme à une pression artérielle deux à trois fois plus élevée que celle des autres mammifères. En décryptant son génome, une équipe internationale a mis le doigt sur les spécificités qui pourraient expliquer cette exception cardiovasculaire. Un gène en particulier, nommé FGFRL1, semble être doté de « supermutations » qui protégeraient les vaisseaux du plus haut animal du monde.

– Tu es devenu véto et personne ne m'a prévenue ?

– Saviez-vous également, mes Starsky et Hutch en sucre, que Sophie Marsault souffrait de problèmes cardiaques qui lui ont même valu, l'an passé, un AVC bénin, dont la presse n'a jamais rien su ? Je l'ai constaté dans le dossier médical que son médecin traitant m'a partagé. En échangeant avec lui au téléphone, j'ai appris que la chanteuse a développé ces derniers mois une véritable phobie cardiovasculaire qui l'a poussée, en mai dernier, à entamer un traitement complètement expérimental, censé favoriser la circulation sanguine et réduire à zéro les risques de maladie du cœur. Ce médicament, dont le nom de code est « Twiga », s'administre par injection. Il est constitué essentiellement de molécules issues du gène FGFRL1 que l'on retrouve… où ? Je vous laisse deviner !

– …

– Chez… les girafes !

15

HISTOIRE DE FAMILLE

Rumilly se trouve à 4 h 10 de Paris en TGV, correspondance à Lyon-Part Dieu. Victoire et Gabriel se sont donné rendez-vous aux aurores pour embarquer dans le train de 5 h 49, une autorisation préalable du juge d'instruction en main. Malgré l'horaire, la gare de Lyon fourmille déjà de mille vies qui se croisent, de vacanciers qui rentrent rejoindre leurs familles pour les fêtes de fin d'année, de militaires armés, d'animateurs de colonies de vacances, de commerciaux en tournée, de contrôleurs à casquette, de chefs d'entreprise en costume froissé, d'étudiants, surf sous le bras, qui cherchent à rejoindre les stations de ski de Haute-Savoie.

Les mains vides, mais de lourdes valises sous les yeux, la commandante rejoint son adjoint devant le Costa Café du Hall 2. Il a déjà commandé son macchiato brûlant et le lui tend. Elle le gratifie d'un sourire enjôleur. Entre eux s'immisce une ambiguïté qu'ils font mine de ne pas remarquer.

– Nous avons rendez-vous à 11 h avec Éric Rossi, le patron de la société Vulli qui fabrique les Sophie la girafe. À notre arrivée, Hervé Michaud, qui dirige le commissariat de

Rumilly, a prévu un véhicule pour nous emmener au siège de l'entreprise. Il nous demande juste de rester courtois. Vulli est une boîte respectée dans le coin. Il ne veut pas d'ennuis.

– Très bien. On dira bonjour et s'il vous plaît. On est dans quel wagon ?

– Au bout du quai 24. Voiture 5. Près du bar.

– 2e classe j'imagine ?

– C'est tout ce qu'il restait…

– OK, allons-y, ne perdons pas de temps.

Au Relay, les journaux font leur une sur l'avancée de l'enquête et la rumeur, non contredite par les autorités, d'une affaire internationale s'étalant sur quarante ans et six pays. Malgré eux, Victoire et Gabriel deviennent les protagonistes d'un feuilleton qui tient tout le pays en haleine.

La commandante pousse sur sa canne et se fraie un chemin au milieu des voyageurs pressés et des valises compressées. À plusieurs reprises, on la bouscule. Un coup d'épaule, un bagage à roulettes qui surgit de nulle part, un enfant qui court à contresens, son père à ses trousses, peur bleue de l'égarer dans la foule.

– C'est la jungle ici, maugrée la flic, en regrettant qu'il n'existe pas de gyrophare pour les policiers piétons.

Pour écarter la foule, elle enfile son brassard de police orange autour du bras. Gabriel la devance, les billets à la main, le regard fixé sur l'objectif. La lumière jaunâtre des réverbères éblouit les quais, un bruit entêtant de ferraille, de frottement et de pas rend inaudible toute conversation. La peur de ne pas pouvoir monter à bord étreint chaque passager, le chef de gare donne des coups de sifflet désordonnés, Victoire s'apprête à monter à bord lorsqu'une main se pose sur son épaule pour l'immobiliser. La jeune femme se retourne et tombe nez à nez avec un agent d'entretien, portant son gilet fluorescent sur les épaules et tirant son chariot derrière lui. D'un sourire qui se veut rassurant, il lui tend un objet.

– Vous avez égaré ceci.

La commandante observe le porte-cartes noir en similicuir, qui devrait être dans la poche intérieure de son blouson mais se trouve entre les doigts d'un inconnu.

– Merci infiniment.

Elle s'en empare doucement, l'ouvre et vérifie que la carte de la police nationale est bien la sienne. À la vue de son brassard de police, l'agent d'entretien blêmit. Son mouvement de recul est perceptible.

– Comment vous appelez-vous ? demande Victoire en penchant la tête.

– Joseph Lion. Joseph Lion Okumu.

– Merci infiniment, Joseph Lion Okumu. Je veillerai à ce que vous soyez récompensé de votre geste.

Puis le temps cesse de s'arrêter. Chacun reprend son mouvement, Joseph Lion s'éloigne et Victoire regagne sa place, face à Gabriel. Il la suit du regard tandis qu'elle s'enfonce dans les sièges bleus de la SNCF. Il brûle de lui poser des questions, des qui ne concernent pas l'enquête ou le bureau, pour une fois. Il veut simplement mieux la connaître. Savoir pourquoi elle porte une canne, quand elle a arrêté la cigarette, d'où vient la légère cicatrice qu'il a remarquée au-dessus de son sourcil gauche, pourquoi le goût de ses cigarettes électroniques varie en fonction de son humeur, que font ses parents, si elle a des frères et sœurs, un petit ami dont elle cacherait l'existence, puisqu'à la main droite elle porte une alliance. Ses oreilles sont prêtes à enregistrer l'histoire de Victoire. Mais la jeune femme ferme les yeux, s'endort comme un bébé et les points d'interrogation de Gabriel deviennent des points de suspension.

Les paysages défilent, le gris cède peu à peu la place au vert, et le vertical des immeubles à l'horizontal des champs. Changement de perspective. Le nez collé à la vitre, le menton sous le conduit d'aération glacé, Gabriel se laisse porter par le rythme lancinant du train, les panneaux qui s'enchaînent sur les mêmes quais de gare. Il observe ses vies qu'il n'aurait jamais croisées ailleurs, le wagon qui s'anime, les enfants qui s'étalent, les parents qui s'épuisent, les parties de Uno, le bruit agressif des jeux vidéo, le sachet en papier avec les pains au chocolat, les biscuits qui craquent, les paquets de bonbons qui tombent par terre, les cris, les rires, condensé de vie dans un espace clos. Gabriel se projette. Dans dix ans, il espère qu'il sera à leur place, débordé par de petites âmes en construction, la logistique, leurs émotions. Plus rien ne comptera que le moment présent.

Il pense à ses parents, à sa mère qui cherche sans cesse à lui présenter des filles. Au début, elle portait pour lui de grandes ambitions : la famille Finkelstein, orthodoxe, les hommes rabbins de père en fils depuis dix générations, un arbre généalogique rempli de grands sages. Échec. Puis elle a revu ses objectifs à la baisse avec les Toledano, des Séfarades de Casablanca, une fille tout juste acceptée en deuxième année de médecine. Échec. Elle a même pensé aux Levi, les épiciers de la rue Saint-Charles. Une fille adorable, Deborah, toujours souriante, apprêtée, polie. Échec, toujours. Mais sa mère persévère. Jamais elle ne s'avoue échec et mat.

La gare de Rumilly, coquette, accueille les nouveaux venus dans un cadre dépaysant. Le bâtiment rose, aux volets bleus, est l'objet de discussions toujours animées au conseil municipal. La majorité centriste aimerait la repeindre en blanc, les conservateurs tiennent au rose pâle historique et les Verts au jaune canari. Le long des rails, quelques résidences prennent leurs aises. Ici, on ne manque pas de place. Au loin, les massifs montagneux sont recouverts de neige.

La bouche pâteuse, Victoire se réveille quelques minutes seulement avant l'arrivée. Ces heures de sommeil volées au jour lui ont fait le plus grand bien. Elle se lève un instant pour s'enfermer aux toilettes et se rafraîchir le visage et la bouche. Ses cernes ont disparu. Au fil des derniers kilomètres, ses pensées se remettent en ordre. Autour d'elle, le wagon sens dessus dessous la fait sourire. Déjà, les pères de famille se sont levés pour récupérer leurs lourdes valises et s'agglutiner devant la porte du sas d'entrée. Le train s'arrête enfin dans un crissement désagréable. Les deux flics laissent passer les hordes de famille dans l'allée centrale, puis s'extraient de leurs sièges. Sur le quai, le commandant Michaud en personne est venu les accueillir, un homme en uniforme à ses côtés. Il porte des lunettes de soleil de sport, des marques de bronzage autour des yeux et a les lèvres sèches, signes d'appartenance à la confrérie des skieurs du dimanche.

– Bienvenue en Haute-Savoie. Suivez-moi, Éric Rossi vous attend.

La poignée de main est franche, le sourire un peu moins. Le policier s'inquiète de l'intrusion de ces collègues parisiens sur ses terres. Dans le véhicule de patrouille qui leur sert pour l'occasion de taxi, il fait la conversation, tentant de glaner quelques rumeurs qu'il pourra colporter ensuite en ville.

– On est à cinq minutes des locaux de Vulli. Vous allez voir, ils sont flambant neufs. J'espère que vous n'allez pas mettre Éric en garde à vue ; ma femme l'a invité à dîner avec son épouse ce week-end. On est bien ici. C'est une ville tranquille. Loin des quartiers malfamés d'Annemasse et d'Annecy. Tout le monde se connaît. J'espère que vous aurez le temps de visiter un peu avant de retourner à Paris. L'histoire de Sophie Marsault, les gens en parlent dans le coin. C'est bien pour ça que vous venez ?

Les ateliers se situent dans une petite zone industrielle de la ville, à quelques numéros de la boutique de déstockage de SEB, lieu particulièrement prisé par les habitants de la région qui souhaitent renouveler leurs ustensiles de cuisine. Lieu de fabrication des poêles Tefal, Rumilly s'est autoproclamée capitale mondiale de la poêle. Derrière des grillages blancs qui rappellent les barreaux des zoos, une immense Sophie la girafe de trois mètres de haut indique aux passants que le cube blanc imposant qui se trouve un peu plus loin renferme ses secrets de fabrication. Des poids lourds patientent sagement sur le parking. Le véhicule de police y dépose Victoire et Gabriel. Les employés vont et viennent par la porte d'entrée. C'est l'heure de la pause déjeuner. Posté devant, Éric Rossi attend ses invités.

L'homme paraît costaud. Les épaules larges, il porte un costume gris clair mal coupé sur une chemise noire, des mocassins marron mal assortis. Sur sa cravate sont sérigraphiées de petites girafes jaunes. Les cheveux courts et gominés, il a taillé son bouc pour l'occasion. Ce n'est pas tous les jours que le chef d'entreprise reçoit la brigade criminelle de Paris dans ses locaux. Tandis qu'il tend la main à ses hôtes, une gourmette lourde et argentée apparaît à son poignet. À quelques mètres, une Citroën Picasso jaune stationne et Victoire devine qu'elle lui appartient.

– Bonjour, bienvenue chez Sophie.

Le sourire est convenu, mais crispé. Comme si le patron se sentait observé par les 15 000 habitants de Rumilly. Rapidement, il fait pénétrer ses hôtes à l'intérieur. Par correction, Éric Rossi fait la visite. De toute façon, il n'a pas le choix : son bureau est situé tout au fond de l'atelier.

– Chaque semaine, des litres de latex 100 % naturel nous sont livrés par citerne. Ce liquide visqueux, qui ressemble à du lait épais, est tiré chaque matin, avant la chaleur du jour, des cellules situées sous l'écorce de l'hévéa. Nous nous approvisionnons exclusivement en Malaisie, auprès d'une coopérative qui travaille avec de petits producteurs locaux. Ce latex est naturel, souple, étanche, isolant et agréable à l'odeur et au toucher. Il est mélangé dans de l'eau et conservé dans les tonneaux que vous voyez devant vous. On ne le garde jamais bien longtemps. Le caoutchouc reste une matière vivante. Il en faut environ 80 grammes pour fabriquer un jouet. Le liquide est ensuite agité pour se réuniformiser, puis injecté dans des moules en plâtre, qui définissent les silhouettes avant et arrière de Sophie. Ensuite, nos employés insèrent ces moules dans les grosses machines que vous apercevez en contrebas. On les appelle des rotomouleuses. Leurs bras en fer permettent de générer un système de rotation. Pendant deux heures, le caoutchouc chauffe et se transforme en une matière solide et élastique. Une fois ce processus terminé, c'est au tour des dames de travailler. Suivez-moi.

Victoire et Gabriel suivent Éric Rossi comme le guide d'un musée. Les yeux écarquillés, ils observent la chorégraphie des hommes et des machines, le mouvement incessant, le bruit agressif du frottement et de la dynamique.

– Notre usine fait 20 000 m². Nous fabriquons 1,5 million de jouets par an, dont 800 000 uniquement pour la France. Autant que le nombre de naissances annuel. Une véritable prouesse industrielle, réalisée par de simples artisans. En 2021, notre chiffre d'affaires a dépassé la barre symbolique des 30 millions d'euros, en augmentation de 11 % par rapport à 2020.

Sur ces mots, Éric ouvre à l'aide de son épaule une lourde porte à double battant et, tout à coup, l'atmosphère change radicalement. Le bruit cesse, la chaleur baisse, des dizaines d'employées, concentrées sur leur tâche, sont assises les unes derrière les autres face à des bureaux où sont posées des girafes blanches, pures, tout juste démoulées.

– Voici nos fées, annonce le patron comme s'il était accompagné de tambours et trompettes. Elles sont dirigées de main de maître par Soso, trente ans de boîte, la doyenne de l'entreprise.

Rossi montre du doigt une dame ronde comme un tonneau, cheveux teints en blond, tunique blanche sur le dos, qui passe dans les rangs et inspecte le travail de chacune.

Devant les deux policiers, les premiers rangs s'attellent au meulage.

– Des disques de tissu, les uns contre les autres, chauffent et réduisent en poudre le surplus de caoutchouc des jouets qui ont séché pendant trois mois en sortant des rotomouleuses. Le processus est très rapide. Pas plus de quarante secondes par Sophie, détaille le maître des lieux. Place ensuite à la pose du sifflet, puis à la peinture. Chaque girafe est installée derrière un pochoir à trous et aspergée d'une peinture naturelle à l'aide d'un pistolet. Marron pour le corps, puis rose pour les joues et la bouche. Le noir des yeux est, lui, posé au pinceau par les jeunes femmes que vous apercevez au fond. Enfin, chaque pièce est tatouée d'un numéro de traçabilité sur la patte arrière gauche, afin de garantir le contrôle de qualité. Venez, mon bureau est juste là.

Au fond du vaste atelier, un bureau semble posé au hasard. Face à un gros écran d'ordinateur, une jeune femme aux lunettes à écailles épaisses semble affairée et tape frénétiquement sur son clavier.

– Sophie, apportez-nous à boire, lui ordonne Éric Rossi. À cette heure-ci, vous êtes plutôt café, thé ou pastis ? demande-t-il, goguenard.

Aux ordres, la jeune femme se lève immédiatement et disparaît pour préparer les boissons.

– Installez-vous, je vous en prie, propose le patron en indiquant deux chaises cossues posées face à une large table rectangulaire.

La secrétaire revient quelques secondes plus tard, les bras chargés d'un plateau où sont posées une carafe de café moulu, trois tasses et quelques petites viennoiseries.

– Que puis-je faire pour vous ? demande l'hôte en ôtant sa veste de costume, visiblement trop étroite.

Assis, les boutons de sa chemise suffoquent et laissent apparaître entre les plis la peau de son ventre charnu, recouvert d'un duvet fourni.

– Votre assistante s'appelle vraiment Sophie ? demande Gabriel, curieux.

– On ne l'a recrutée que pour ça, rit-il, tandis que la jeune femme quitte la pièce en refermant la porte derrière elle. Je plaisante, bien entendu. Sophie est très compétente.

Dans sa bouche, le terme renferme une connotation sexuelle absente de sa signification originelle, qui met Victoire mal à l'aise. La commandante prend l'interrogatoire en main, lassée du petit numéro de ce notable pataud.

– Combien de personnes employez-vous ?

– 110. Dont 49 sont entièrement dédiées à la fabrication des Sophie la girafe.

– Nous aurons besoin de leurs noms et de leurs coordonnées. Personne à votre connaissance n'a de casier judiciaire ou un passé criminel ?

– Non, la plupart travaillent ici depuis longtemps. Je ne suis à la tête de l'entreprise que depuis cinq ans. C'est moi le petit nouveau. Mes employés sont des personnes respectables, et notre marque aussi. Cette polémique avec Madame Marsault nous embête beaucoup, moi et mes actionnaires. Vous pensez vraiment que le meurtrier a laissé une de nos Sophie sur la scène de crime ?

– Oui, c'est confirmé. Et c'est le cas de cinq autres assassinats, perpétrés depuis 1985.

– Alors, ils avaient raison aux infos ? J'en crois pas mes oreilles… Ça va faire chuter nos ventes, ça. C'est pas bon pour le commerce. 37 % de notre chiffre d'affaires se fait à l'export.

– Si on vous livre le numéro de série des jouets, sauriez-vous remonter la piste jusqu'à leur point de vente ?

– Oui, on peut même vous communiquer l'année où elles ont été fabriquées. Mais ça ne vous servira pas à grand-chose. Nous sommes distribués dans 82 pays. Autant chercher une aiguille dans une botte de foin.

– On cherche un sens à tout ça. Pourriez-vous nous en dire plus sur l'origine de Sophie la girafe ? Pourquoi une girafe ? Pourquoi Sophie ? Si l'assassin a choisi cet objet, ce n'est pas un hasard.

– La girafe s'appelle Sophie parce qu'elle a été mise en vente le 25 mai 1961, le jour de la Sainte-Sophie. C'est aussi simple que ça. Pour le reste, je ne veux pas vous dire de bêtises. Mais vous devriez aller voir les Musso. Ce sont eux qui l'ont inventée. Vulli leur a racheté dans les années 80, mais ils vivent toujours dans le coin. C'est un couple de retraités très dynamiques, vous verrez. Ils ne font pas leur âge. Sophie va vous trouver l'adresse.

– Merci. Une dernière interrogation : que faisiez-vous dans la nuit du 16 au 17 décembre ?

– Vous plaisantez ? Vous ne me considérez pas comme un suspect, quand même ?

– Simple question de routine.

– Laissez-moi regarder dans mon agenda. Le 16 décembre, nous étions un vendredi. Ne le répétez pas à ma femme, mais ce jour-là, on se retrouve toujours au Pavé avec mon assistante. C'est un hôtel de charme, dans le centre. Demandez-lui, elle vous le confirmera. Vous n'allez pas m'arrêter pour ça, hein ? L'adultère n'est pas puni par la loi ?

– Merci pour votre collaboration, Monsieur Rossi.

– Une dernière chose. Ces gens comptent sur moi. On a investi 10 millions d'euros ces dernières années pour conserver les emplois dans la région et éviter de délocaliser la production en Chine. Faut que vous résolviez cette enquête rapidement, autrement, le chiffre d'affaires va plonger et je vais devoir virer du monde.

Victoire opine de la tête, avant de se lever. L'assistante d'Éric Rossi appelle Monsieur Musso pour l'informer de la présence des deux policiers. Le vieil homme se trouve à l'hôpital pour une batterie d'examens. Il propose de les accueillir le lendemain, dans la matinée. Rendez-vous est pris à 9 h.

Gabriel et sa supérieure quittent les lieux. Ils n'ont plus qu'à trouver un logement pour la nuit. Pas vraiment le choix. L'hôtel Pavé est le seul de la ville qui propose encore des chambres libres.

Les deux flics se quittent quelques heures. Victoire reste enfermée dans sa chambre et s'endort devant un documentaire animalier. Gabriel sort se balader dans les rues et découvre l'architecture moyenâgeuse des ruelles, la poêle géante qui trône à l'entrée de la ville, l'odeur de chocolat qui s'échappe des usines Nestlé, pas loin, l'ancienne halle aux blés qui abrite café et commerces, et les jolies maisons bourgeoises qui longent le cours d'eau du Chéran. La démarche paisible des autochtones semble indiquer qu'ici, la vie est un long fleuve tranquille. Le jeune homme se rend à la mairie, à la recherche, dans les archives de la municipalité, d'une trace de vie juive, une ancienne synagogue, un lieu de culte. Il y retrouve l'histoire de Joseph Joffo qui, dans le fameux *Un sac de billes*, raconte comment il a fui l'occupation allemande avec son frère Maurice. Le célèbre auteur y relate leur séjour en Haute-Savoie, ici, à Rumilly, où un jeune garçon du coin les a aidés à traverser la ligne de démarcation.

La journée s'achève. Requinquée par sa sieste, Victoire aimerait dîner dehors. À l'hôtel, le réceptionniste lui a conseillé de se rendre au Cercle d'Or, à cinq minutes à pied. Maquillée d'un rouge à lèvres vif et d'un fond de teint qui la rajeunit de dix ans, la jeune femme tape à la porte de la chambre de son coéquipier. Une fois. Deux fois. Au bout de quelques minutes, Gabriel finit par lui ouvrir et lui offre son plus beau sourire pour s'excuser de l'attente. Lui aussi s'est apprêté pour l'occasion. Il a profité de l'après-midi pour faire quelques emplettes et s'offrir une nouvelle chemise blanche et une veste un peu plus moderne que celle qu'il étrenne habituellement. Par-dessus son épaule, Victoire aperçoit, près de la fenêtre, un chandelier. De petites flammes s'y consument et illuminent l'obscurité de la pièce. La commandante n'a pas le temps d'en voir plus. Déjà, la porte se referme et les deux flics se retrouvent dans le couloir, à marcher côte à côte sans un mot, juste heureux de ce moment suspendu, cette parenthèse volée au rythme effréné que leur impose l'enquête.

Tenu par une famille d'anciens rugbymen, le restaurant ressemble à un bistrot de quartier parisien. Des poutres apparentes au mur, du bois stratifié partout, des tables étroites, de jolies nappes à carreaux bleues pour donner de la couleur. Au mur ont été mis sous verre des maillots dédicacés des joueurs du LOU, le club que supportent les gens du coin. La carte est à l'avenant. Des classiques, tomate mozzarella, salade Caesar, penne carbonara. Victoire opte pour une milanaise tandis que Gabriel commande un plat qui ne se trouve pas sur le menu : un poisson cuit dans de l'aluminium, accompagné d'un simple filet d'huile d'olive et de quelques légumes crus. À la commande, la jeune serveuse paraît perdue.

– Pardonnez-moi, Mademoiselle. Il faut juste placer une feuille d'aluminium sur la plaque pour que le saumon ne soit pas en contact avec des restes d'aliments cuits juste avant. Vous comprenez ?

Sous le regard amusé de Victoire, Gabriel l'accompagne en cuisine pour expliquer directement au chef ce qu'il désire.

Il revient quelques minutes plus tard, visiblement soulagé, le sourire accroché aux lèvres depuis qu'il a quitté sa chambre.

– Je comprends mieux pourquoi tu ne déjeunes jamais avec les collègues…

– C'est compliqué, en effet. Habituellement, je ne dîne jamais à l'extérieur. J'ai un régime particulier que je ne veux imposer à personne. Mais ce soir, je n'avais pas le choix.

– Je peux te poser une question : quel était ce chandelier qui se trouvait dans ta chambre ?

– On appelle ça une Hanoukia. Un candélabre à neuf branches. Au mois de décembre, on allume une fiole d'huile chaque soir, pour se souvenir de l'un des miracles de l'histoire du peuple juif. Je te le raconterais avec plaisir, mais je ne veux pas t'ennuyer avec ça.

– Tu ne m'ennuies pas du tout, au contraire.

– Durant cette fête, chaque soir, il est de coutume de s'offrir un cadeau. Je suis passé devant une librairie cet après-midi et j'ai pensé à toi.

De la poche intérieure de sa veste, Gabriel sort un petit paquet enveloppé d'un papier cadeau sérigraphié de guirlandes et de sapins de Noël. Victoire rougit et tend la main pour s'en saisir. Elle l'ouvre délicatement, comme si elle ne voulait pas abîmer quoi que ce soit. À l'intérieur se trouve un livre épais, à la couverture orangée, sur laquelle figurent des lettres hébraïques et une photographie sépia de rails sombres couverts de neige. Les auteurs, Yohan Perez et Bernard Benyamin, lui sont inconnus, mais le titre la fait sourire : *Le code d'Esther*.

À l'intérieur, Gabriel a pris le temps d'écrire une dédicace : *Il n'y a pas de hasard, il n'y a que des rendez-vous, Paul Éluard.*

– Tu l'as déjà lu ?

– Je n'en ai jamais eu l'occasion, mais je me souviens très bien de sa sortie. C'était le livre de chevet de mon amie Louise.

– Il s'agit d'une enquête passionnante, qui fait le lien entre deux événements historiques que rien ne relie a priori : la Shoah et la fête juive de Pourim. Je suis sûr que ça va te plaire.

– En parlant de ça, je me souviens du chandelier. Il y avait le même chez ma grand-mère, quand je m'y rendais enfant. Mais nous ne l'allumions jamais. Il était posé là, au fond d'un placard. Caché.

– Comme s'appelait ta grand-mère ?

– Stern. Geneviève Stern. Miller est le nom de son mari. Elle se taisait chaque fois que je lui posais des questions sur son passé, sa vie d'avant, et portait des hauts à manches longues, même en été, pour cacher ses poignets. Je ne sais pas grand-chose de son histoire, si ce n'est que sa fille n'est jamais revenue des camps de concentration. À croire que toutes les femmes de la famille sont destinées à perdre un enfant…

Gabriel ne relève pas. Il préfère laisser le silence recouvrir le souvenir qui paraît ensevelir Victoire à ce moment-là.

– À son retour des camps de concentration, elle a renoncé à son judaïsme, cette identité pour laquelle ceux qu'elle chérissait avaient péri. Toute ma vie, j'ai été élevée dans un monde sans D.ieu. Et toi, d'où sors-tu alors ?

– Je porte un nom aux consonances ashkénazes, mais ma famille vient de Fès, une petite ville située au nord-est du Maroc. Mon père est le dernier d'une longue lignée de rabbins qui furent chargés de diriger le tribunal religieux. On appelle ça des Dayan. J'ai sept frères et sœurs, qui tiennent tous un rôle au sein de la communauté : ma grande sœur dirige une école juive, mon frère est schohet… Je suis le seul qui ait emprunté une voie profane.

– Comment l'ont pris tes parents ?

– Mieux que je ne le pensais. Nous nous aimons trop pour nous opposer très longtemps. Sais-tu comment j'ai convaincu mon père de me laisser rejoindre la police ?

– Dis-le-moi.

– Je lui ai offert les romans d'un auteur américain, Harry Kemelman, qui raconte les aventures de David Small, un jeune rabbin qui aide le shérif local à résoudre ses enquêtes en se servant du Talmud.

– C'est ce que tu es ? Un rabbincop ?

Le jeu de mots les fait rire tous les deux. Les digues de la pudeur ont rompu et l'un comme l'autre n'hésitent plus à se livrer, pour le simple plaisir de passer du bon temps. Les plats défilent, les clients quittent le restaurant peu à peu, et bientôt, il ne reste plus qu'eux dans la vaste salle du Cercle d'Or. À Rumilly, on n'a pas l'habitude de veiller bien tard un soir de semaine. Lorsque le serveur pose l'addition sur la table alors que personne ne l'a demandée, le duo comprend. Victoire laisse Gabriel l'inviter. La conversation se poursuit tout au long de la route, à peine éclairée par les réverbères vieillissants de la ville. Sur le pas de la porte de sa chambre, au moment de le quitter, la jeune femme pose un baiser léger sur les lèvres de son coéquipier. Puis elle referme derrière elle, le laissant immobile au milieu du couloir.

16

致命的な香り

PARFUM MORTEL

Les Musso vivent à Annecy, à trente minutes de route de Rumilly, dans une villa perchée sur les hauteurs, offrant une vue panoramique et apaisante sur le lac et les montagnes. Construit en pierre blanche, sur trois étages, au bout d'une allée de cèdres centenaires, le lieu en impose. Encastré dans la façade, un ascenseur extérieur donne accès aux étages supérieurs tandis qu'au rez-de-chaussée, une immense porte en bois sombre sert d'entrée aux visiteurs de passage. Les volets, couleur pastel, donnent un accent provençal au lieu.

– Voilà l'illustration parfaite de ce qu'on appelle un endroit paradisiaque, commente Hervé Michaud en passant le portail métallique qui ouvre le domaine.

Une fois de plus, le policier joue les chauffeurs de taxi pour Victoire et Gabriel. Les pneus de son véhicule de fonction crissent au contact des graviers de l'allée. Il s'est montré peu disert sur le chemin, ne cherchant pas à savoir comment s'était déroulé le rendez-vous avec Éric Rossi la veille. Sans doute ce dernier le lui avait-il déjà raconté.

En pénétrant dans l'antre, les deux policiers parisiens se sentent envahis d'un sentiment de quiétude contagieux. Une énergie positive semble émaner de chaque mur. Le hall d'entrée distribue des couloirs sur les côtés et ouvre, en son centre, sur une pièce à vivre immense. Au fond, de larges baies vitrées ont été fixées dans la pierre taillée et donnent le sentiment à Gabriel et Victoire de se trouver à bord d'un bateau en pleine mer. Le soleil cogne fort contre les vitres à cette heure-ci de la journée.

En contrebas, Victoire aperçoit une piscine à débordement d'un bleu azur, protégée par une serre en polycarbonate transparent. À l'intérieur, une silhouette féminine nage le crawl à vive allure.

Tandis que leur chauffeur d'un jour les abandonne, Victoire et Gabriel sont installés par la dame de maison dans les larges canapés gris qui habillent le salon. Face à eux, une cheminée profonde, encastrée dans le mur. Derrière une vitre, de jolies flammes crépitent. De grands cadres protègent des photographies témoins de leur vie trépidante. Les Musso ont côtoyé les plus grands et posent aux côtés de Nelson Mandela, Ronald Reagan, Bono, l'Abbé Pierre, Serge Gainsbourg ou encore Brigitte Bardot. Ils ont voyagé sur tous les continents et pratiqué toutes sortes d'activités : du bateau, du golf, du tennis, du saut en parachute, du ski et même de la plongée sous-marine. Malgré sa hauteur, le mur n'est sans doute pas assez vaste pour raconter les mille vies qu'ils ont connues grâce au succès et à la revente des usines de Sophie la girafe. En son centre, une pièce attire le regard de Gabriel : un paysage peint sur une toile blanche, qui semble former la carte d'un monde inconnu, agglomérat de continents-archipels difformes, éloignés les uns des autres par le vide. Le jeune policier reconnaît ce tableau, assez différent de ceux que peint habituellement son auteur : Yayoi Kusama. L'artiste expose peu et il est rare de croiser le chemin de l'une de ses œuvres. Harry lui en parlait souvent. Passionné de culture nippone, son meilleur ami l'emmenait dès qu'il le pouvait à la Maison de la culture du Japon, dans le 15e arrondissement, pour lui faire découvrir les secrets de cette histoire millénaire. D'autres artistes y exposaient régulièrement des répliques de leurs œuvres, mais pas Kusama, qui réservaient les siennes au regard de quelques privilégiés. Ses fans, dont Harry, se trouvaient condamnés à l'espérer.

Gabriel hésite. Il aimerait prendre un selfie devant la peinture et l'envoyer à son ami, mais si les Musso arrivent au même moment, il risque de passer, au mieux, pour un flic étrange. Sans compter l'estime de Victoire, qui redescendrait à son niveau le plus bas.

– Vous la connaissez ?

Guillaume Musso a la voix assurée de ceux qui n'ont plus à se préoccuper des fins de mois. Pantalon, chemise, mocassins, moustache, chevelure, l'homme propose un dégradé de blanc à ses hôtes. Imposant et fin, il ressemble à ces comédiens sans âge qui jouent au bon chef de famille dans les films hollywoodiens. Son irruption surprend la commandante et son adjoint, qui se lèvent d'un bond pour honorer la poignée de main qu'il offre à chacun.

– Yayoi Kusama est l'une de mes artistes favorites. Je suis tombé littéralement amoureux de ses œuvres en 1966, à la Biennale de Venise, à laquelle elle a participé sans y être invitée ! Vous imaginez ? Aidée par Luciano Fontana, qui avait mis un atelier à sa disposition pour quelques mois, elle avait déversé dans les canaux 1 500 boules miroitantes devant le pavillon italien. À Venise, on ne parlait que de ça. Depuis, elle est retournée à Tokyo. Savez-vous où elle vit ?

– Oui, j'en ai entendu parler. Elle réside à l'hôpital psychiatrique Seiwa, où elle a fait installer son atelier à côté de sa chambre. C'est à cause des hallucinations dont elle victime. Depuis qu'elle a dix ans, elle voit des formes arrondies, des pois, des taches, partout, tout le temps. Elle en a fait le centre de son œuvre, et de son concept de *self-obliteration*. Cette toile est un original ?

– Je vois que Monsieur est un expert. Il s'agit d'un exemplaire unique. Vous aimeriez le photographier, n'est-ce pas ? Je vous ai vu l'observer avec envie.

Gabriel se tourne vers Victoire et guette un signe de désapprobation, mais elle ne dit rien et lui sourit tendrement.

– Si ça ne vous ennuie pas, j'aimerais beaucoup.

– Prêtez-moi votre portable, je vais vous prendre à ses côtés. Vous n'êtes pas le premier à le vouloir, et vous avez la politesse de me laisser vous le proposer, au moins.

Gabriel pose devant l'œuvre, un sourire gêné pendu aux lèvres. Victoire l'observe, mi-amusée, mi-embarrassée par cette entrevue qui ne commence pas comme prévu.

– Ma femme va nous rejoindre. Elle termine sa séance de sport matinale. À nos âges, il faut s'entretenir. Maria vous a proposé à boire, j'espère ?

– Nous n'avons besoin de rien, je vous remercie, tente Victoire, avant de voir la dame de maison apparaître, un plateau à la main, rempli de viennoiseries et de jus de différentes couleurs.

– Nous ne buvons ni thé ni café, mais nos jus sont faits maison, je vous les conseille.

– Savez-vous pourquoi nous sommes là ? Monsieur Musso.

– Éric Rossi m'a prévenu. Ces gens de Vulli… Ils ne se préoccupent que de réputation, de chiffres d'affaires, de croissance. Votre enquête ne les inquiète qu'à cause de l'impact sur les ventes qu'elle pourrait générer. Personnellement, je suis bien triste de voir ma Sophie associée à tous ces meurtres. Et puis, Sophie Marsault…

– La connaissiez-vous ?

– Pas directement, non. J'entretiens peu de relations dans l'industrie musicale. Mais les studios Pathé nous ont proposé d'adapter Sophie la girafe en série d'animation il y a quelques années. Je trouvais le projet formidable. Ils envisageaient de prêter la voix de Sophie Marsault à ma girafe. Vous imaginez l'honneur que j'en aurais retiré. J'en étais tout émoustillé. Malheureusement, elle a refusé la proposition. Je n'ai jamais su pourquoi. Dommage n'est-ce pas ?

Une silhouette longiligne traverse le filet de soleil qui se reflète par la baie vitrée et forme une ombre sur le mur du salon. Pieds nus, le corps serré dans un peignoir de bain en coton, les cheveux cachés par une serviette blanche, Madame Musso salue Victoire et Gabriel comme s'il s'agissait de vieux amis perdus de vue. Sa peau ne semble pas avoir été tannée par les années. En la regardant, Gabriel pense à Sigourney Weaver. Elle pose un baiser sur la joue de son mari et s'empare d'un croissant. La bonhomie du couple désarme les policiers.

– Est-ce que mon mari vous a déjà parlé de la création de Sophie ou j'ai raté le début de son monologue ?

– Je t'attendais, ma chérie.

– Pas besoin, je le connais par cœur, tu sais ?

– Pas nos hôtes. Souhaiteriez-vous que je vous raconte, plus brièvement que ne le suggère mon épouse, comment Sophie est née ?

N'osant refuser une invitation envoyée avec tant d'enthousiasme et profitant du jus de goyave qui se trouve dans son verre, Victoire répond par l'affirmative.

– Vous êtes charmants et bien polis de laisser deux personnes âgées vous baratiner de leurs souvenirs. Mais commençons : au départ, Sophie s'appelait Zoé…

– Et elle ne mesurait pas 18 centimètres, complète Madame Musso.

– Laisse-moi raconter ! Ma femme a raison. Zoé ne mesurait pas 18 centimètres, mais 25. Trop grande. Elle était trop grande. Depuis des années, nous fabriquions des jouets en plastique classiques, des souris, des poissons, des ballons, des hochets. Notre usine de caoutchouc à Asnières-sur-Oise fonctionnait bien, mais nous vivions dans la peur du lendemain. Une année sans, et nous ne pourrions assurer la survie de l'entreprise. Au lendemain de notre lune de miel au Kenya, nous eûmes l'idée de fabriquer un jouet d'une forme différente. Un animal exotique, au regard doux, au long cou, aux taches identifiables. La girafe. À l'époque, il y en avait peu dans les zoos, encore moins à la télévision. Il s'agissait d'un véritable pari. Quitte ou double.

– Tu oublies de mentionner une chose, mon chéri. Les cinq sens.

– Bien sûr, les cinq sens ! Nous voulions que la girafe plaise aux nourrissons et les aide à développer leurs cinq sens. Nous l'avons fabriqué dans un latex particulier, 100 % naturel pour qu'ils puissent la mâchouiller et développer leur goût. Ce latex exhale un parfum particulier, très doux. Les taches attirent le regard et…

– Le sifflet…

– Tu me le coupes, mon amour. Dans le cœur de l'animal se trouve un petit sifflet invisible à l'œil nu, qui émet un son amusant chaque fois qu'on le presse. Mais sans doute le savez-vous déjà… Avez-vous des enfants ?

Victoire baisse les yeux tandis que Gabriel rougit.

– Chéri, ce n'est pas toi qui dois poser les questions. Tu importunes nos invités, fait mine de se plaindre Madame Musso, remarquant la gêne des deux policiers.

– Tu as raison. Zoé est née, mais malheureusement, elle n'a pas passé la phase de test. Avant la sortie d'un produit, nos distributeurs nous imposent de réaliser des essais avec des panels d'enfants, afin de connaître leur appétence au produit. Zoé était trop grande, les bébés ne parvenaient pas à s'en saisir. Nous avons jeté tous nos moules à la poubelle et repris le projet à zéro. Le 25 mai 1961, jour de la Sainte-Sophie, notre girafe a vu le jour.

– Mais ça n'a pas tout de suite fonctionné, reprend Madame Musso.

Victoire et Gabriel se croient au spectacle, assistant à un numéro de duettistes parfaitement rodé, l'un complétant l'autre comme s'ils avaient raconté cette histoire mille fois auparavant. La complicité du couple fait plaisir à voir. On les sent soudés et amoureux comme au premier jour. Sans doute ont-ils vécu des drames qu'ils taisent aux inconnus, enjolivant leur histoire à l'aune de leur réussite.

– Les six premiers mois furent difficiles. De nombreux distributeurs nous refusaient le produit. Personne ne comprenait notre choix. On nous réclamait des lions, des tigres ou de bons vieux chiens, mais pourquoi des girafes ?

– Et puis un jour, le déclic, sans que l'on sache vraiment pourquoi. En 1962, nous avons réalisé notre premier chiffre d'affaires à six chiffres. L'année suivante, nous atteignions le million de francs, et ça n'a jamais cessé d'augmenter. À chaque naissance, en France, le nourrisson se voit offrir l'une de nos girafes. En 1982, Serge Jacquemier, alors patron de Vulli, nous a approchés pour racheter la licence. Il proposait beaucoup d'argent. Son offre ne pouvait se refuser, pour des artisans comme nous qui n'avions jamais connu la sécurité financière. Nous avons fini par lui céder l'entreprise, à une condition : continuer à superviser la fabrication de nos produits. C'est la raison pour laquelle nous avons déménagé pour nous installer à Annecy, près de l'usine.

– Que faites-vous depuis que vous ne gérez plus la société ?

– Malheureusement, nous n'avons pas la chance d'avoir de descendance, alors nous voyageons beaucoup, nous sortons souvent, nous profitons de la vie.

– Selon vous, pourquoi des Sophie la girafe se retrouvent-elles sur des scènes de crime ?

– Je n'en ai pas la moindre idée et je trouve ça de fort mauvais goût. Nos jouets devraient rester entre les mains des bébés, pas des assassins.

– Nous n'allons pas abuser de votre temps. Merci d'avoir répondu à nos questions.

– Vous êtes à pied ? Ne bougez pas, je vais vous appeler un taxi.

Victoire et Gabriel se lèvent. Le couple les raccompagne sur le pas de la porte.

– Merci encore pour votre chaleureux accueil, Monsieur…

– Appelez-moi Guillaume. Vous êtes ici chez vous. N'hésitez pas à nous rappeler si vous avez d'autres questions.

– Nous n'y manquerons pas. Merci à vous aussi, Madame Musso.

– Ma femme s'appelle Sophie. Je ne vous l'ai pas dit ? C'est drôle, avouez-le…

Devant le portail en fer forgé du domaine apparaît une Mercedes noire, coiffée d'une enseigne lumineuse rouge. Victoire et Gabriel s'y engouffrent et demandent au chauffeur de les ramener à la gare. Sur place, ils constatent que le prochain train pour Paris ne part pas avant 19 h 17.

Pour prendre leur mal en patience, ils achètent la presse au tabac du coin et s'installent sur des bancs en bois inconfortables. Dans les journaux, l'affaire continue de faire la une et de nourrir les premières pages. La tête du ministre de l'Intérieur est réclamée par certains éditorialistes, tandis que d'autres s'inquiètent du climat anxiogène qui perdure à l'approche des fêtes de fin d'année. Les fameuses boules de Noël. Un autre phénomène est relevé par *Le Parisien* : partout en Europe, des directeurs de zoo rendent leurs girafes. Au prix d'un coûteux investissement, ils vident leurs enclos et les envoient en Afrique pour qu'elles retrouvent la liberté. Chez les petits commerçants, les bijoux en forme de girafe, les vêtements tachetés, les peluches au long cou sont retirés des rayons. Peur des représailles. Dans les maternités, les sages-femmes racontent que des dizaines de Sophie la girafe, offertes aux nouveau-nés, se retrouvent abandonnées dans des chambres de repos par des parents prudents. Surtout, ne pas attirer l'attention.

À l'inverse, le journaliste relate également que sur les réseaux sociaux, le hashtag #ILoveGirafe ne quitte plus le haut du classement des sujets les plus discutés. Des milliers d'internautes postent des déclarations d'amour sous forme de photos ou de vidéos courtes. Certains se déguisent d'un costume au long cou, d'autres modifient leur photo de profil, cherchant le moyen le plus original d'apporter leur soutien au mammifère le plus grand du monde. Sur ce sujet comme sur les autres, la France se trouve polarisée.

Dans le train du retour, fatigués, les deux flics conservent le silence, chacun dans ses pensées. Victoire est partagée entre le plaisir d'avoir passé un bon moment et la frustration de voir son enquête patauger. Gabriel n'a qu'une image en tête : le baiser de la nuit passée. Il n'ose aborder le sujet, mais sa main, inconsciemment, cherche à frôler celle de sa partenaire, tandis qu'ils sont assis côte à côte dans le train qui les ramène à Paris. À l'intérieur, son cœur brûle de ne pas savoir ce que ce geste signifie vraiment, signe d'affection sans lendemain ou début d'une histoire non désirée. Sa timidité, autant que leur rapport hiérarchique, le sépare de la vérité.

Pour chasser ce désir, le jeune flic s'empare de son téléphone et envoie la photo de son selfie à son ami Harry, accompagné d'un smiley clin d'œil. Apparaît sur son écran une notification, un mail, signé d'un expéditeur qu'il connaît désormais : Interpol.

Buongiorno, a seguito della sua richiesta, è stato segnalato un nuovo caso da Franco Gabrielli, il capo del Polizio di Stato, con sede a Roma. Troverai in allegato il rapporto che ci ha inviato.

– On a un septième mort sur les bras, annonce-t-il à sa supérieure après avoir traduit le texte via Google traduction.

– Sans doute pas le dernier. Montre-moi. Quand et où le meurtre a-t-il eu lieu ?

– Le 22 mars 1995, à la Scala de Milan. La victime s'appelait Ignazo Boschetto. Il interprétait le rôle d'Alfredo, dans *La Traviata*. On l'a retrouvé dans sa loge, les veines tranchées.

– Un lien avec notre animal préféré ?

– Le rapport est écrit en italien. Je ne le parle pas. Mais regarde ce qui apparaît quand on cherche son nom sur Google…

Gabriel fait défiler les photos par le seul mouvement de son pouce. Sur des pages et des pages, le look excentrique du ténor s'étale en images. Képi, long manteau et mocassins sont sérigraphiés comme la peau de la girafe. Avec sa grande taille (il mesure plus d'un mètre quatre-vingt-quinze), la ressemblance avec l'animal est frappante. Sur les clichés, il dépasse systématiquement les personnes qui l'entourent d'une tête au moins. Les colliers ras-de-cou qu'il a accumulés au-dessous de sa glotte accentuent encore l'effet visuel. Ses lunettes de soleil, qu'il ne quitte jamais, portent de petits cornillons au niveau des charnières. Sur le site Internet d'un magazine people, on le voit allongé sur le lit de sa suite. Les oreillers, les draps, les parures, les rideaux, tous les tissus imitent les taches brunes et beiges de l'animal. Dans un entretien à *Vanity Fair*, il explique : « La girafe est la preuve vivante de l'équilibre que procurent les contacts entre les énergies terrestres et les flux venus d'en haut. Elle est le lien entre le ciel et la terre. Symbole de clairvoyance et de douceur, son cœur immense représente la générosité. Tout comme le mien. »

– Sans mauvais jeu de mots, le garçon était un peu perché, s'amuse Victoire en adressant un clin d'œil complice à son coéquipier.

Gabriel rougit et enfonce son regard sombre le long des pavés noirs du rapport de police. Les photos sanguinolentes lui soulèvent le cœur. Le corps du ténor gît au milieu de sa loge, complètement nu. Les yeux grands ouverts, l'homme paraît terrorisé.

– Le rapport d'autopsie indique des traces de scopolamine et d'atropine dans le sang. Ces deux substances provoquent une paralysie partielle des membres et une absence de libre arbitre. On en retrouve également dans le GHB, la drogue des violeurs. Broschetto était probablement vivant et parfaitement conscient lorsque le meurtrier a tranché ses veines et sa langue.

– Ça fait froid dans le dos. Regarde, au niveau de son entrejambe. Tu ne trouves pas cela étrange ?

– Les poils ?

– Ce ne sont pas des poils. Il est complètement rasé. L'ombre que tu vois, c'est la tache brune que dessine notre meurtrier sur chacune de ses victimes.

– Sa signature. Si on extrapole, on peut tisser un fil invisible entre les sept victimes : d'une façon ou d'une autre, elles s'en sont prises à des girafes et l'ont payé de leur vie.

– Le directeur de cirque refusait de libérer ses girafes albinos malgré la pression des ONG, reprend Victoire, le photographe maltraitait les animaux pour obtenir de meilleures photos, le chef cuisinait la chair des mammifères, le styliste se servait de leur peau pour confectionner des vêtements, le ténor les portait sans vergogne et la scientifique les vidait de leur sang pour développer des produits de beauté japonais.

– Maintenant que l'on a son mobile, il ne nous reste plus qu'à retrouver l'assassin…

– Et à lui tordre le cou !

Victoire pose la tête sur l'épaule de Gabriel et ferme les yeux. Le train poursuit sa route, mais pour la première fois depuis longtemps, la jeune femme est pressée d'arriver à destination.

17

UNE MARQUE INDÉLÉBILE

Dans l'obscurité, les gros chiffres rouges du radio-réveil indiquent qu'il est 6 h passées. Son corps nu recouvert d'un drap blanc, Victoire dort sur le ventre, paisiblement. Au pied du lit, sa canne patiente. D'ordinaire, à cette heure-ci, sa propriétaire a déjà quitté la chambre depuis longtemps pour se rendre à la piscine de Boulogne-Billancourt. Aujourd'hui, rien ne presse. Le bras droit coincé sous son oreiller, elle laisse son souffle régulier la bercer, loin des rives du jour. Dehors, la nuit, elle aussi, fait la grasse matinée. L'aube est en retard. Depuis la salle de bains, un filet de lumière éventre l'obscurité. Gabriel se déshabille en silence.

Le filet de l'eau de la douche émet son bruit apaisant. De la vapeur d'eau embue le miroir. Le béton ciré gris qui tapisse les murs ressemble à celui de tous ces hôtels quatre étoiles impersonnels. Sur le rebord du lavabo sont posés des crèmes de jour, du maquillage, un tube de dentifrice, une brosse à dents, une autre à cheveux et d'autres produits de beauté achetés sur Internet. Enfermé dans sa cage de verre, l'esprit encore engourdi, Gabriel se laisse envahir par la chaleur et les gouttes humides qui fouettent et rougissent sa nuque, ses épaules, son dos. Inconsciemment, il se repasse le fil de la nuit qui s'achève, le train qui arrive à la gare de Lyon après minuit, Victoire qui lui propose de partager un taxi, la main qu'elle pose sur la sienne sur la plage arrière pour l'entraîner dehors lorsqu'ils arrivent devant chez elle, la porte cochère qui s'ouvre, puis l'ascenseur, les bouches qui se rapprochent tant qu'elles n'ont plus besoin de s'ouvrir, le langage des corps qui remplace celui des mots, et le reste, tout le reste, qui appartient à la nuit.

Une serviette nouée autour de la taille, Gabriel rejoint la chambre, s'approche du lit et pose un baiser du bout des lèvres sur le front de Victoire. Elle ouvre les yeux et l'enlace tendrement. L'instant dure quelques secondes à peine, puis le jeune homme s'écarte.

– Il faut que j'y aille. Je suis désolé. Je suis en retard.

– Où vas-tu à cette heure-ci ?

– J'ai un rendez-vous ?

– Tu vas prier à la synagogue ? Tu peux me le dire, tu sais…

Gabriel se retourne et lui sourit, heureux de ne plus avoir à lui cacher son identité.

– Tu veux que je te prépare un bon macchiato avant de partir ?

– Voilà une bonne idée. Je t'accompagne à la cuisine.

Gabriel se rhabille rapidement, Victoire enfile un tee-shirt et un pantalon de jogging de son côté. La cuisine de l'appartement est ouverte sur le salon. Les meubles noirs laqués et le plan de travail sont immaculés. Trop peu utilisés. D'un regard circulaire, Gabriel fait le tour de la pièce, se familiarise avec le lieu. Une table haute sépare les espaces, accompagnée de quatre tabourets hauts en bois. Deux fenêtres habillent le mur principal, des panneaux japonais blancs fixés de part et d'autre. La télévision est posée sur un meuble bas, face à un canapé de taille modeste, gris, en tissu. L'ensemble ressemble aux pièces témoins dans les magasins Ikea.

Au bout de la pièce, la bibliothèque déborde d'ouvrages. Gabriel s'approche, curieux. « La bibliothèque d'une maison est le reflet de la personnalité de ses habitants », lui disait son père. Il incline la tête pour lire les titres sur les dos des livres collés les uns aux autres comme des sardines dans leurs boîtes. Victoire a choisi de les classer par auteur. Les essais de Jacques Attali et Yuval Harari, les romans d'Amanda Sthers, Nicolas Rey, Valérie Tong Cuong, Karine Tuil, Delphine de Vigan, les classiques de Stefan Zweig, Agatha Christie, Albert Camus. Gabriel remarque le goût de sa partenaire pour les biographies, Simone Veil, Stephen King, Anne Frank, Simone de Beauvoir, Steve Jobs. Des destins brisés. Pas de science-fiction, de dystopies, de mondes imaginaires. Victoire a les pieds sur terre.

La machine à café, une Smeg imposante, émet un cri strident. L'odeur de l'arabica se propage dans la pièce tandis que la propriétaire des lieux sort deux tasses d'un placard. Sur l'une est écrit *Best boss of the year* et sur l'autre *I Love Nice.*

– On se retrouve au bureau vers 9 h, propose Victoire. Lachkar va nous attendre avec la sulfateuse. Chaque jour qui passe sans suspect l'éloigne de son poste à la place Beauvau. Demande à la cybercriminalité de fouiller le darknet à la recherche d'animalistes radicaux, de giraphiles, de déséquilibrés fichés à la WWF. Il faut ratisser large, on n'a plus le choix.

– As-tu une feuille et un stylo ? Je voudrais te montrer quelque chose.

Victoire ouvre un tiroir et en sort un bloc-notes et un feutre noir.

– Prends les pays où s'est déroulé chacun des sept meurtres : France, Japon, Italie, Russie, Écosse, Sénégal, Allemagne. Si je barre les autres lettres pour ne conserver que les capitales, il me reste : F. J. I. R. E. S et A. L'anagramme de Jirafes.

– Avec un J.

– Certes. Mais si, depuis le début, notre ou nos assassins essayaient de semer des messages derrière eux ? Il ne tue pas gratuitement. Il a un objectif. Protéger les girafes ? Libérer celles qui se trouvent en captivité ? Les venger de ceux qui leur ont fait du mal ? Je ne sais pas. Mais avoue qu'il s'agit là d'un heureux hasard.

– Tu ne trouves pas ça tiré par les cheveux ? Je ne me vois pas face à Lachkar avec ce genre d'argument.

– Moi non plus. Mais dans le judaïsme, on apprend que chaque lettre a une signification qui va au-delà du sens littéral du mot qu'il compose. Par exemple, en fonction de sa place dans l'alphabet, une lettre correspond à un chiffre. 1 pour le A, 2 pour le B, etc.

Victoire réfléchit. La démonstration de son coéquipier paraît irrationnelle, mais elle admire sa capacité à réfléchir autrement, en dehors des sentiers battus dictés par l'école de police. Décidément, elle n'a pas fini de faire le tour de la personnalité de ce jeune homme qui lui paraissait si timide lorsqu'elle l'a vu débarquer au commissariat il y a neuf mois. Ce grand gaillard au regard mystérieux semblait perdu au milieu des grandes gueules du bureau. Il semblait trop docile, trop lisse, pour résister longtemps aux affres de la brigade criminelle. Et puis, doucement, le charme a opéré. Son intelligence est apparue, aussi soudainement que le soleil à l'aube, éclairant l'enquête d'un regard neuf. Sa fiabilité l'a rassurée. Malgré leur différence d'âge, ils ont fini par se comprendre, par s'entendre, et même se faire confiance.

– Je peux te poser une question ? demande Victoire innocemment.

– Bien sûr.

– J'ai remarqué un détail, cette nuit, qui m'a troublé. D'où vient le tatouage que tu portes dans le dos ?

Gabriel semble d'abord surpris, comme s'il ignorait l'existence de cette marque, puis confus, embarrassé.

– Je... C'est une histoire compliquée. Je ne sais pas comment c'est arrivé.

– Comment ça ?

– Tu sais, dans la Torah, il est écrit : *Vous n'imprimerez point de figures sur vous car je suis l'Éternel*, Lévitique 19 : 28. Originellement, le tatouage est une pratique idolâtre.

– Je ne suis pas encore prête à parler de D.ieu à l'heure du petit déjeuner.

– Pardonne-moi, je veux juste t'expliquer pourquoi il est impossible que ce tatouage vienne de moi. Et pourtant, il se trouve sur mon omoplate gauche.

– Depuis quand ?

– Il y a un peu plus d'un an, avant mon arrivée dans le service. Les gars de l'école de police organisent chaque année une soirée de retrouvailles dans un bar du 9ᵉ arrondissement. Même si je ne bois pas d'alcool, je m'y rends toujours. Je considère que ça fait partie de mon travail. On était jeudi soir, je sirotais un Coca Zéro, on discutait avec un collègue qui bosse à la brigade des mineurs, il y avait aussi un groupe sur scène qui jouait des reprises d'Aerosmith et de Bon Jovi. Ce sont les seuls souvenirs que je conserve de cette nuit-là. Je me suis réveillé dans mon lit le lendemain matin, une immense barre à la tête. Et cette marque indélébile. À part ça, le trou noir.

– Et tes collègues, ils ne t'ont pas raconté ? Ça sent la soirée entre potes qui a mal tourné, ça.

– Détrompe-toi. Ils disent que je suis parti le premier, à pied, sans un gramme d'alcool dans le sang. J'ai interrogé mes voisins : aucun n'a rien vu de suspect. Personne ne se souvient de moi et j'ignore à quoi correspond ce symbole, une silhouette accrochée à des fils comme un pantin.

– Il est plutôt joli. Mais chez toi, je m'attendais à une peau immaculée, lui sourit-elle.

– Le dermatologue a dit qu'il fallait encore patienter quelques mois avant que l'épiderme puisse être traité. En attendant, je n'ai pas d'autre choix que de vivre avec cette trace.

18

UNE TÂCHE MORTELLE

– Miller !

Le cri retentit dans tout le commissariat.

Lachkar est du genre autoritaire et impatient. Flic d'action devenu flic de salon, qui préfère désormais les dorures aux filatures, il cherche néanmoins à soigner ses statistiques avant de tirer sa révérence. En vingt-cinq de service, aucun crime n'est demeuré impuni lorsque l'enquête lui était confiée. Dans le milieu, sa réussite fascine autant qu'elle agace. Il tient à ce que ça ne change pas. Tous les bourreaux qu'il a croisés ont terminé derrière les barreaux. Il compte autant de combats que de victoires, comme on dit en boxe, sa passion. Plus jeune, Lachkar est monté sur le ring, catégorie poids légers. Il sait qu'une affaire se joue sur les premiers rounds, avant que le temps n'évapore les indices. Alors, il trépigne que l'affaire Sophie Marsault patine.

Au fil des jours, l'enquête a pris une drôle de tournure. Cible potentielle d'un terroriste islamiste, la chanteuse est devenue la dernière d'une liste de victimes longue comme le bras. Les pièces à conviction se trouvent disséminées dans le monde entier, façon puzzle, et certains cold cases sont déjà prescrites. Les morts n'ont rien en commun, si ce n'est le fil que l'assassin a bien voulu nouer entre eux, cette trace qu'il dessine sur leur corps, comme la signature d'un artiste. Celui qui se cache derrière ces meurtres joue avec les nerfs de la police. Ces indices, qu'il laisse traîner comme les cailloux du Petit Poucet, où mènent-ils ? Lachkar brûle que Victoire Miller éclaire sa lanterne.

La jeune femme apparaît sur le pas de la porte de son bureau, étrangement souriante, comme si la pression du contexte ne l'affectait pas. Debout, elle s'appuie sur sa canne, attendant que la tempête d'invectives, de leçons et de frustrations ne lui passe dessus. Elle connaît son boss par cœur : il a son petit caractère, mais passé ses colères, il lui fait une confiance aveugle.

– Victoire, Beauvau et l'Élysée me harcèlent. La France entière suit notre affaire. On a soixante-six millions d'enquêteurs sur le dos, qui pensent tous qu'à notre place, ils feraient mieux. Le ministre de l'Intérieur s'est montré très clair : soit on trouve le meurtrier avant le 31 décembre, soit il nous dessaisit. Et autant vous dire qu'autour d'une histoire aussi médiatique, les vautours rôdent. Il est hors de question qu'au crépuscule de ma carrière, je vive un affront pareil, c'est clair ?

– Très clair, commissaire.

– Qu'est-ce que ça a donné, votre visite à Rumilly ?

– Le patron de l'entreprise Vulli est hors de cause. Il a un alibi solide et s'est montré coopératif. Gabriel lui a transmis les numéros de série. Il lui a confirmé que chaque Sophie la girafe a été achetée l'année du crime où on l'a retrouvée. En revanche, il nous a appris une information importante. Les jouets ont tous été achetés en France.

– Donc notre assassin vit ici ou a un lien avec l'Hexagone.

– Ça en a tout l'air.

– Si j'ai bien suivi les rapports d'enquête que vous m'avez transmis, on a affaire à un psychopathe qui s'en prend à quiconque touche à un poil d'une girafe, c'est bien ça ?

– Il s'agit de la piste la plus plausible, en effet.

– On peut considérer que les jouets en latex qu'il laisse traîner sur les scènes de crime sont destinés à exprimer sa démarche autant qu'à effrayer ceux qui menacent les mammifères au long cou, je me trompe ?

– J'imagine que vous avez cherché, parmi les membres des associations de protection des animaux, les profils déséquilibrés, les casiers judiciaires garnis, les radicaux ?

– Oui, on a épluché les listes de bénévoles des organisations non gouvernementales internationales. Mais ils se montrent peu coopératifs, voire franchement hostiles. En réalité, même s'ils condamnent les crimes, ils partagent la démarche de leur auteur.

– Comment ça ?

– Vous devriez regarder les vidéos de Sophie Hayes sur Internet. C'est une sexagénaire, d'origine sud-africaine, avocate aux barreaux de Johannesburg, Paris, Londres et New York. Une femme brillante, militante active de l'association de défense du droit des animaux NHRP, Non Human Rights Projects. Ses plaidoiries sont diffusées sur YouTube. Elle y défend l'idée que les animaux, particulièrement les mammifères, devraient jouir des mêmes droits et de la même justice que les hommes. Pour elle, la façon dont nous traitons les bêtes pour notre consommation personnelle est comparable à l'holocauste : *les mêmes méthodes, les mêmes fins, la mort comme processus industriel.* J'en avais froid dans le dos. Elle met tout le monde dans le même sac : éleveurs, pêcheurs, chasseurs, propriétaires de zoo, de parcs aquatiques ou d'animaux domestiques. Si elle le pouvait, elle les mettrait tous en prison et dépense son énergie à faire condamner ceux qu'elle considère comme coupables de crime contre l'humanité. L'an passé, l'affaire Happy a fait grand bruit, du nom d'une femelle éléphante, star du zoo du Bronx, morte sous les coups de son vétérinaire. L'avocate a plaidé la condamnation pour homicide volontaire et obtenu gain de cause : cinq ans de réclusion criminelle et radiation de l'ordre des médecins.

– Vous la pensez suspecte ?

– Je ne sais pas. Dernièrement, elle a déclaré publiquement sur ses réseaux sociaux que si le meurtrier finissait par se faire arrêter, elle le défendrait gratuitement. Une façon de dire qu'il ne s'agit pas d'elle.

– Pourtant, elle coche pas mal de cases.

– J'ai demandé une commission au juge pour l'interroger, mais il rechigne à convoquer une avocate sans preuve solide.

– Je m'en charge. De votre côté, rapprochez-vous du docteur Arik. Je suis persuadé que la clé se trouve quelque part sur le corps des victimes. Notre assassin cherche à ce qu'on le démasque. Il joue avec nous. Pas question de perdre.

Victoire et Gabriel débarquent à l'Institut médico-légal en fin de matinée. Dans le quartier, les rues de Paris sont désertées. Les touristes des vacances de Noël s'agglutinent face aux vitrines des grands magasins où des pantins mécaniques leur font oublier le froid. Une pluie poisseuse tombe sur les trottoirs, les voitures aveuglent les passants de leurs phares, la Seine monte doucement, engloutissant les berges sous ses eaux sombres. La tension propre à la capitale ne faiblit pas. Les parkas des deux flics sont trempées et dégoulinent sur le lino du hall d'entrée. Les bureaux sont vides. La plupart des membres du personnel ont pris quelques jours de congé pour rejoindre leurs familles. Au loin, pourtant, un bruit de fond leur parvient. De la musique. Ils s'approchent lentement et, derrière la porte de la salle de repos, ils l'entendent. Assis par terre, les yeux fermés, sa blouse sur les épaules et une guitare à la main, le docteur Arik joue les accords de « No Woman, no Cry » en massacrant les paroles d'un anglais en pot de yaourt.

Good friends we have, oh, good friends we've lost
Along the way
In this great future, you can't forget your past
So dry your tears, I seh

Victoire tape sa canne contre le sol afin de faire remarquer sa présence, le docteur Arik sourit sans prendre la peine d'ouvrir les yeux.

– Tango et Cash sont de retour. Comment va mon duo préféré ? Vous ne vous quittez plus, on dirait ?

– Quoi de neuf, docteur ?

– Je vais mal. Je pleure toutes ces femmes qui se refusent à moi. Qui ignorent mes invitations à dîner. Qui passent à côté de leur bonheur. Mais *Everything is gonna be alright, darling.*

– Tu devrais faire attention. Avec un timbre de voix pareil, tu peux réveiller les morts.

– Il s'agit de la version des Fugees. J'espère que notre rabbin mélomane l'aura reconnue.

– Bonjour, docteur. Ravi de vous revoir.

– Et moi donc ! Je vous attendais. J'ai sorti Sophie du frigo. Nous n'avons plus que vingt-quatre heures. Demain, le service funéraire vient récupérer son corps pour l'enterrer au Père Lachaise. Elle nous attend à table.

Le légiste se lève, pose sa guitare dans un coin et accompagne ses hôtes en salle d'autopsie. Ils enfilent tous les trois des surchaussures, une surblouse bleue, une charlotte en polypropylène, des gants en latex et un masque. Ainsi déguisés, ils pénètrent dans la salle austère, où se mêlent des matières froides et métalliques, table d'auscultation, armoires, plaque métallique où sont aimantés les outils du médecin : bistouri, scie, pince, ciseaux, écarteur. Un immense néon fixé au centre de la pièce diffuse une lumière chaude qui donne l'illusion de la vie. *L'antichambre de l'enfer*, la surnomment les flics. Sur un pan de mur est fixé un négatoscope, plage lumineuse qui permet de lire les radiographies par transparence. Accrochée au-dessus, les aiguilles d'une horloge continuent de tourner alors qu'ici, le temps semble s'être arrêté. La salle n'a pas bougé depuis le début des années 80. Allongée sur une table en acier trempé, Sophie Marsault attend sagement qu'on lui découvre un sein.

Sans autre forme de respect, le docteur Arik soulève le drap qui la protège pour montrer à Victoire la tache qu'elle porte sur le côté gauche de la cuisse. D'environ cinq centimètres de rayon, elle semble avoir été colorée au feutre indélébile.

– J'ai comparé cette tache avec les clichés des cold cases que vous m'avez transmis. Les sept ont des tailles et des formes différentes, mais elles ont été dessinées avec le même outil, probablement au pochoir, pour que ce soit aussi précis.

– Notre tueur aurait voulu être un artiste.

– J'ai analysé la matière première, il s'agit d'une encre naturelle de jagua, indélébile. On l'utilise pour les tatouages.

– Pas d'empoisonnement ?

– Non, le produit n'est pas nocif. De votre côté, vous savez ce que signifient ces dessins ?

– On a interrogé plusieurs tatoueurs, cette forme leur est inconnue. Trop simpliste, disent-ils.

Gabriel s'approche de la jambe de Sophie Marsault et, de son index, suit les contours arrondis de la trace.

– Ces taches… On est en train de passer à côté de quelque chose… Vous avez une imprimante ? demande-t-il au médecin.

– Bien sûr, Sherlock.

– Pourriez-vous nous sortir les clichés des sept taches, s'il vous plaît ?

– OK, répond le légiste en ne masquant pas son scepticisme.

Quelques minutes plus tard, il tend les feuilles volantes au jeune officier. Celui-ci s'empare d'une paire de ciseaux et commence à les découper.

– Jeune homme, vous touchez à du matériel stérilisé…

– J'en ai pour une minute.

Gabriel s'applique, concentré sur sa tâche comme un écolier en pleins travaux manuels. Puis il s'empare des bouts de papier et les pose sur le négatoscope, qui reflète la lumière du jour. Avec précision, il dispose les taches imprimées les unes à côté des autres, observe, modifie la place d'une forme de quelques millimètres à droite ou à gauche, recule, prend des mesures avec son pouce en fermant un œil, comme un artiste face à sa toile, cherchant à former face à lui un ensemble cohérent. Une fois satisfait du résultat, il se tourne vers Victoire et lui demande :

– Ça ne te rappelle rien ?

– Je… non, balbutie-t-elle, collée.

Gabriel sort son téléphone portable de sa poche, balaie l'écran pour ouvrir l'application de photos et clique sur l'une d'entre elles.

– Regarde.

Sur l'image se trouve, au premier plan, le jeune flic, tout sourire, et derrière lui, un tableau dont chaque forme ressemble comme deux gouttes d'eau à celles qui forment le patchwork affiché sur le négatoscope.

– La toile de Yayoi Kusama… chuchote Victoire, épatée.

– Je crois qu'on devrait retourner voir les Musso, conclut Gabriel, satisfait de sa démonstration.

19

LES MALHEURS DE SOPHIE

– 7 h 40. Vous êtes bien sur France Info. On retrouve tout de suite les informations d'Elodie Largenton.

– Merci, Marc. Après 13 jours d'enquête, l'assassin de Sophie Marsault court toujours. On a depuis appris qu'il avait commis six autres crimes ces trente-huit dernières années. Selon nos informations, aucune piste n'est pour le moment privilégiée par la police. Critiquant l'impuissance et l'inefficacité de l'État, les partis d'opposition réclament la démission du ministre de l'Intérieur. Nous touchons au but, s'est défendu ce dernier au micro de l'Assemblée nationale hier soir. International, Vladimir Poutine…

Gabriel baisse le son de la radio de la main droite, tout en tenant le volant de la gauche. À ses côtés, Victoire a pris l'appel du commissaire Lachkar.

– J'ai obtenu une commission rogatoire. Vous pouvez convoquer Maître Sophie Hayes au commissariat.

– Merci beaucoup, Chef. Peut-être que nous n'en aurons pas besoin. Je suis sur la route d'Annecy avec Gabriel. On retourne chez les Musso. Un détail nous avait échappé.

– Sans l'aval du juge d'instruction ? Je vais faire comme si je n'avais rien entendu. Trouvez-moi ce criminel, c'est tout ce que je vous demande.

Pour ne pas alerter les autorités locales, les deux flics ont préféré la voiture au rail. Ils dépassent rapidement les villes de banlieue que croise l'A6, Arcueil, L'Haÿ-les-Roses, Chevilly, Fresnes, Antony. Puis au bout de quelques kilomètres de grisaille, l'horizon retrouve la teinte verte et jaune des champs qui se déploient à perte de vue. Coincés tous les deux dans l'habitacle d'une Peugeot 508 banalisée pour plusieurs heures de route, ils profitent de l'intimité qui leur est offerte pour rattraper le temps, regarder dans le rétroviseur et se raconter leurs passés respectifs.

Victoire parle à Gabriel de son père, flic comme elle, de sa vie heureuse à Nice, de Ben, de l'attentat du 14-juillet, de cet enfant qui n'a jamais vu le jour et qui, pourtant, la hante à chaque instant. Elle lui parle de sa hanche gauche, qui la fait boiter, comme si son destin ne pouvait se réparer. Elle lui confie ses nuits blanches, ses idées noires, le boulot qui la maintient à flot pour ne pas qu'elle se noie. Elle évoque Louise, sa meilleure amie. Sa dépendance au travail, au sport, au macchiato et à la nicotine, qu'elle a fini par remplacer par une autre, la vapoteuse et la multiplicité de ses parfums en fonction des humeurs. Son goût pour la culture américaine, Michael Jackson, les Dunkin Donuts et Meg Ryan. Elle connaît le nom des cinquante États et de tous les Présidents par cœur.

Ça fait rire son coéquipier, qui ne peut citer que les derniers. Victoire lui pose des tas de questions, et il se prête volontiers au jeu de la sincérité. Gabriel vit entre deux mondes, le profane et le religieux. Cette ambivalence l'enrichit, même si l'équilibre est parfois difficile à trouver et le contraint. Comment manger cacher au bureau, respecter shabbat en pleine enquête, prier trois fois par jour lorsqu'on travaille quinze heures d'affilée, ne pas céder lorsqu'autour de soi, le monde n'est que tentation. Comment séduire une femme sans avoir le droit de l'embrasser ? Gabriel s'autorise quelques compromis. En son âme et conscience, il joue avec le feu, il le sait, mais vivre dans la bulle de pureté du monde orthodoxe lui paraissait incompatible avec ce métier. Il évoque longuement la figure tutélaire que représente son père, puits de connaissance, ce modèle de droiture qu'il ne parviendra jamais à dépasser, la sagesse qui exhalait de ses mots, et de son haleine, même. Jamais il ne s'est opposé à sa décision de devenir flic. Il l'a même encouragé. Il ne s'est pas laissé influencer par les « on-dit » et le qu'en-dira-t-on qui dévorent l'ego de tant de ses coreligionnaires. Sa mère a eu plus de mal à l'accepter, mais pour d'autres raisons : la peur du danger, la mort au coin de chaque rue, l'antisémitisme galopant, cette arme de service qui ne le quitte jamais. Gabriel parle à Victoire des plats aux noms barbares qu'elle lui prépare en quantités astronomiques chaque fois qu'il vient la voir. Il lui parle des coups de fil qu'elle lui passe, plusieurs fois par jour, pour s'assurer qu'il va bien. Cette affection étouffante qui le rassure. Le sang séfarade qui coule dans ses veines. Avec plus d'entrain encore, il lui raconte comment il a découvert le monde grâce au TO-7 que son grand frère conservait sur son bureau. Un vieil ordinateur, sur lequel il a appris à coder. Gabriel parle couramment quatre langues : le français, l'hébreu, le yiddish et le langage informatique. Il est capable de pirater n'importe quel site Internet ou appareil électronique, mais il s'en abstient. Quatrième commandement : *Tu ne voleras point.*

Les cinq heures trente-neuf de route passent en un éclair. Arrivé devant le portail métallique de la villa Musso, le véhicule s'immobilise. Cette fois, les portes sont fermées. Gabriel et Victoire se garent plus loin dans la rue et sonnent sur le bouton de l'interphone. Quelques secondes plus tard, le bouton rouge d'une caméra s'allume au-dessus d'eux et se tourne dans leur direction. Une minute passe, puis le portail finit par s'ouvrir. Dehors, le ciel gris semble trop lourd à porter, un crachin sale tombe épars sur le sol boueux. À pied, l'allée qui mène au bâtiment paraît interminable. L'humidité rend la hanche de Victoire plus douloureuse que d'habitude. La commandante a bien du mal à soutenir le poids de son corps sur sa canne. Les volets de la villa sont fermés, comme si ses occupants l'avaient désertée. Pourtant, une fumée noire s'échappe par la souche de cheminée. Parvenus au pied de la volée d'escaliers qui grimpent jusqu'à l'entrée, Maria, la dame de maison leur ouvre et les accueille d'un sourire bienveillant avant de les emmener au salon.

Guillaume Musso les y attend. Debout, sa stature imposante pose une ombre immense sur le parquet ciré. Son regard, bleu océan, paraît absent. Sa chemise débraillée et sa chevelure désordonnée indiquent qu'il n'espérait pas de visite aujourd'hui. Sa bouche, ouverte sur un sourire lumineux une semaine plus tôt, reste désespérément fermée, ses deux lèvres fines collées l'une à l'autre.

– Bonjour, Monsieur Musso. Nous aurions quelques questions à vous poser. On ne vous dérange pas ?

– Je… non. J'ai quelques affaires urgentes à régler, mais ça attendra. Comment puis-je vous aider ?

Victoire sait que les suspicions qu'elle pourrait présenter à l'homme d'affaires reposent sur un faisceau d'indices bien maigres. Mais son expérience de flic la pousse à bluffer. Un interrogatoire est une partie de poker menteur. Le but est de forcer l'adversaire à dévoiler ses cartes. Elle décide de jouer le tout pour le tout. Si, comme elle le suspecte, Musso est le meurtrier que toute la police recherche, elle veut en avoir le cœur net et le confronter à ses contradictions.

– J'ai le sentiment que vous ne nous avez pas tout dit lors de notre dernière entrevue. Je me trompe ?

Musso conserve le silence de longues secondes. Pensif, il se déplace vers le bar et malgré l'heure, il est 14 h à peine, se sert un verre de whisky qu'il avale d'une traite, avant de le remplir à nouveau. Puis il regagne sa place et s'affale au fond du canapé, les traits du visage enfin détendus.

– Effectivement, je vous ai caché une partie de la vérité. L'histoire de Sophie la girafe n'est pas la mienne. Je vais même vous confesser un secret qui me pèse depuis trop longtemps : je ne suis pour rien dans le succès de ce foutu jouet en caoutchouc. Je suis un imposteur, sur qui la fortune est tombée fortuitement.

– Vous voulez dire que nous n'êtes pas l'inventeur de Sophie la girafe ?

– Non, l'idée vient de ma femme. Entre elle et les girafes existe un lien indéfectible, irrationnel, excluant. J'ai toujours eu le sentiment de passer après ces animaux. Mais je ne peux pas lui en vouloir. Ils lui ont sauvé la vie.

– Sauvé la vie ?

Guillaume Musso marque une pause et boit une nouvelle rasade de Jack Daniels. L'alcool l'aide à désinhiber sa parole.

Victoire et Gabriel ne cherchent pas à l'interrompre. Le vieil homme a besoin de se confesser.

– Sophie, ma femme, a été recueillie par les bonnes sœurs, à l'orphelinat catholique français de Saint-Jean, à Lamu, au Kenya. C'est la sœur Françoise Regnault qui l'a élevée jusqu'à son adolescence. On dit qu'elle a été abandonnée dans la savane par ses parents. Elle n'avait même pas un an, la pauvre. Elle tenait à peine assise sur ses fesses. Ce sont des girafes qui l'auraient sauvée des prédateurs en la cachant parmi les branches des sequoias. D'ailleurs, regardez…

Le vieil homme se lève et disparaît quelques secondes dans le couloir. Il revient, une coupure de presse plastifiée à la main. Sur du papier jauni par le temps, les deux flics peuvent lire la manchette de *France Soir* qui parle en première page de cette enfant sauvage sauvée par une nonne.

– Tout le monde en parlait à l'époque. Cet article date de la fin des années 50. Mais je n'ai rencontré ma femme que vingt plus tard, à Maisse. Elle recherchait ses parents biologiques.

– Les a-t-elle trouvés ?

– Non, ils étaient morts tous les deux, quelques années auparavant. Suicidés. Selon la police, ils ont ouvert le gaz dans la cuisine de leur appartement. Classique. Leur fils, alors âgé de dix ans, n'a pas jamais été retrouvé. Sophie a vécu sa vie d'adulte, le cœur chargé de ses questions d'enfant…

– Comment avez-vous fait connaissance ?

– À l'époque, j'étudiais à Paris. Je rejoignais des amis dans le Sud en voiture. Je suis tombé en panne près de Maisse, dans l'Essonne, après cinquante kilomètres de route. Sophie, elle, ne se trouvait pas là par hasard.

– Pourquoi dites-vous cela ?

– Maisse est un petit bourg, d'à peine deux mille habitants, mais qui possède une histoire particulière. C'est là qu'a vécu la première girafe que la France ait jamais connue. Elle fut offerte par Méhémet Ali, le pacha d'Égypte, à Charles X en 1827, en guise de cadeau diplomatique. Son voyage fut en lui-même une odyssée, racontée par de nombreux articles dans la presse de l'époque. La girafe fut baptisée Zarafa. Elle portait autour du cou un pendentif en métal qui contenait des versets du Coran. Elle débarqua dans le port de Marseille au printemps et traversa le pays, escortée de gendarmes, sous les yeux ébahis des Français qui n'avaient jamais vu un animal aussi grand. Une véritable girafomania s'empara de l'Hexagone. On ne parlait que de l'animal au long cou dans les chaumières. Un peu comme aujourd'hui…

– Que faisait votre future femme là-bas ?

– Elle travaillait comme serveuse à l'auberge du coin. D'ailleurs, dans la salle de restaurant, se trouvait un anneau scellé sous le porche, bien trop haut pour attacher une vache ou un cheval. La preuve du passage de la girafe. J'ai fait la cour à Sophie pendant des jours. Savez-vous comment j'ai obtenu son cœur ?

– Je sens que vous allez nous le dire…

– En lui déclamant ce poème de Robert Desnos :

La girafe et la girouette,
Vent du sud et vent de l'est,
Tendent leur cou vers l'alouette,
Vent du nord et vent de l'ouest.
Toutes deux vivent près du ciel,
Vent du sud et vent de l'est,
À la hauteur des hirondelles,

Vent du nord et vent de l'ouest.
Et l'hirondelle pirouette,
Vent du sud et vent de l'est,
En été sur les girouettes,
Vent du nord et vent de l'ouest.
L'hirondelle, fait, des paraphes,
Vent du sud et vent de l'est,
Tout l'hiver autour des girafes,
Vent du nord et vent de l'ouest.

Tandis que Victoire écoute attentivement son interlocuteur, Gabriel goûte peu ces détails du passé qui les éloignent du présent. Il se lève, s'excuse et prétexte une envie pressante. Guillaume Musso indique la direction des toilettes les plus proches et poursuit son récit sans lui prêter attention. Le jeune officier fait quelques pas dans le couloir qui mène à la salle de bains. Sur son chemin, il croise une porte entrouverte, qu'il pousse doucement en espérant qu'elle ne grince pas. À l'intérieur, deux grands bureaux en bois d'acajou se font face, chacun disposés de la même façon : un globe terrestre lumineux, un pot à crayons, un écran d'ordinateur, un bloc-notes et un stylo à plume. Gabriel sait qu'il n'a que quelques minutes avant que l'hôte des lieux ne s'inquiète de son absence. Machinalement, il allume les tours des deux ordinateurs, l'une après l'autre, et sort de sa poche la clé USB qu'il porte toujours sur lui. Pendant que les écrans s'allument, il s'empare du téléphone portable et photographie l'ensemble de la pièce. Au mur figurent des photos du couple, en noir et blanc ou en couleur, restituant des souvenirs intimes de leur vie à deux. Une fois les appareils en veille, il ne faut que quelques secondes à Gabriel pour décoder le mot de passe qui en bloque l'accès. Puis une paire de minutes pour pirater l'ensemble du contenu des deux disques durs et les copier sur sa clé. Quand il revient dans le salon, Gabriel n'a pas calmé son envie d'uriner, mais il a la poche remplie d'indices.

– Nous aurions besoin de parler à votre femme. Elle est ici ?

– Je suis désolé. Elle a quitté la maison tôt ce matin.

– Savez-vous où elle se trouve ?

– Non, il lui arrive souvent de partir quelques jours, ou plus. Elle ne me dit pas où elle se rend. Elle voyage, s'évade. Elle a besoin de rester seule souvent. C'est son mode de fonctionnement, et je le respecte.

– Ne nous mentez pas, Monsieur, insiste Gabriel. Je suis sûr que vous avez une idée de l'endroit où elle est partie.

– Je n'en suis pas sûr. Hier, elle a reçu un coup de fil de la fondation que nous avons, enfin, qu'elle a créée au Kenya. Il s'agit d'une réserve où les girafes sont protégées des braconniers. La directrice lui a annoncé la naissance de jumeaux girafons dans la nuit. Il s'agit d'un événement très rare. Je ne serais pas surpris qu'elle cherche à se rendre sur place.

– Merci pour ces informations, Monsieur Musso. Nous vous tiendrons au courant de l'avancée de l'enquête.

En prononçant ses mots, Victoire se lève, Gabriel à sa suite.

– Au fait, vous ne m'avez pas dit pourquoi vous étiez venus jusqu'ici.

– Non, en effet. Mais je serais prêt à parier que le véritable passionné de l'œuvre de Yayoi Kusama, ce n'est pas vous, mais votre femme, n'est-ce pas ?

– Comment l'avez-vous deviné ?

20

MONSIEUR LACHKAR

De la dopamine, en grande quantité. C'est cette hormone, sécrétée dans le cerveau de Victoire et Gabriel, qui les fait tenir malgré la fatigue, les obstacles, la pression de l'extérieur. L'envie, aussi, de se plaire, de s'épater et d'avoir raison, seuls contre tous. Les deux policiers se sont entêtés à suivre une piste à laquelle personne ne croyait, à transformer de simples détails en indices, à faire fi des hypothèses médiatico-politiques qui leur indiquaient d'autres directions. Lorsqu'ils pénètrent dans les locaux du commissariat Bourdon, ils sont sûrs de leur coup.

Dans le bureau du commissaire Lachkar, le docteur Arik, santiags sur la table, refait le monde avec son patron. Les deux hommes se connaissent depuis longtemps et s'apprécient. Malgré leur différence d'âge, une relation filiale s'est nouée entre eux au fil du temps. Chacun voit dans l'autre un peu de ce qu'il a perdu en cours de route : la fougue, d'un côté, un père de l'autre.

Au sol, un grand carton entrouvert indique que Thierry Lachkar est sur le départ. Dans quelques jours, il rejoindra les hauts plafonds de la place Beauvau, conseiller spécial du ministre de l'Intérieur. Il est étrange de constater que les souvenirs de trente ans de service tiennent dans moins d'un mètre cube. Ne restent, sur les étagères de son meuble de rangement, que les dossiers, classées par année, qu'il a traités depuis qu'il dirige l'hôtel de police du 4e arrondissement.

– Ça en fait de la paperasse, commente-t-il au médecin légiste, tout en lui tendant des photos de ces trois fils, que l'on voit grandir au fil des époques et des clichés, tous pris au même endroit, sur la terrasse de leur maison de famille, en Bretagne, sur la presqu'île de Crozon.

De cette moitié de vie ne reste pas grand-chose : la médaille de l'ordre du mérite, un maillot de l'équipe de France de football dédicacé par Zinédine Zidane lors de la Coupe du monde de 1998, des livres de management, des bibelots, un mange-disque offert pour ses cinquante ans par le préfet, une machine Nespresso, des quarante-cinq tours de Dalida, quelques articles de presse vantant ses coups d'éclat, qu'il conserve dans un classeur rigide, un micro, souvenir d'une soirée karaoké mémorable avec les équipes de la Crime, une bouteille de rouge de vingt ans d'âge et un stylo à plume. Rien qui ne raconte vraiment l'ampleur d'une carrière riche de souvenirs qui pourraient remplir les centaines de pages d'un roman, qu'il s'est promis d'écrire lorsqu'il en aura le temps.

On dit de Lachkar que c'est un petit homme colérique, impatient, imbu de lui-même et peu enclin à la discussion lorsqu'il estime avoir raison. Mais sous des dehors inhospitaliers se trouve un professionnel attentionné, loyal, attaché à des valeurs séculaires que les plus jeunes de ses recrues n'ont pas connues. Sous sa peau rugueuse se cachent les plaies qui l'ont tout autant détruit que construit, comme ce jour où l'un des membres de la brigade a été tué à bout portant devant le commissariat par deux jeunes à moto dont on n'a jamais retrouvé la trace. Le commissaire, qui n'était alors qu'un inspecteur ambitieux, dut annoncer lui-même la nouvelle à sa femme et à ses enfants. Depuis, le souvenir de cette veuve dont le monde s'est effondré en une fraction de seconde forme une brûlure qui ne s'éteindra jamais. Son regard le hante toutes les nuits. Et chacune de ses décisions est portée par le désir ardent ne plus jamais revivre pareil drame.

Victoire et Gabriel pénètrent dans le bureau sans prendre la peine de taper à la porte qui, de toute façon, ne ferme plus très bien depuis que le commissaire a frappé dedans à coups de poing il y a deux ans.

– On a besoin de votre ordinateur, annonce la commandante, sans prêter attention au sourire du docteur Arik, ravi de voir sa flic préférée en pleine action.

– Arrêtez de me suivre, ça devient lassant, plaisante-t-il, tandis que Lachkar cède son siège à Gabriel.

Le jeune officier compose le mot de passe de son supérieur – *Mais comment connaît-il mon code ?* pense à haute voix le haut gradé – avant de connecter sa clé USB sur l'un des ports de l'appareil.

– Vous allez m'expliquer ce qui se passe ? ordonne Lachkar, agacé.

– On a peut-être trouvé le meurtrier.

– La meurtrière, corrige Gabriel.

Sur l'écran de l'ordinateur, un dossier jaune. Agilement, l'officier clique dessus et fait apparaître plusieurs dizaines de documents.

– Gabriel a copié le contenu du disque dur des ordinateurs personnels des Musso.

– Vous plaisantez !? s'offusque le commissaire.

– Nous avons épluché tous les fichiers qui s'y trouvaient, leurs comptes en banque, leurs photos, tout…

– Le respect de la vie privée, ça vous parle ?

– … et nous sommes tombés sur ça.

Gabriel clique sur un document intitulé « Calendrier ». Puis il fait défiler des dates, 1985, 1990, 1995.

– Ces quarante dernières années, Sophie Musso a beaucoup voyagé. Elle se rend une fois par mois à Nairobi, au Kenya. Rien d'étonnant puisqu'avec son mari, ils ont ouvert une fondation sur place pour la protection et la sauvegarde des girafes. Coïncidence ou pas, elle s'y trouvait le 21 juin 1990, le soir de l'assassinat de Lamine Badiane Kouyaté. Plus étrange, elle revenait de Milan, le 22 mars 1995, lorsque le corps d'Ignazo Boschetto a été retrouvé dans sa loge, les veines tranchées.

– Et que faisait-elle dans la nuit du 16 au 17 décembre 2022 ? demande le docteur Arik, intrigué.

– Elle dînait avec des amis… à Paris.

Le jeune flic enfonce le clou.

– Sur son compte en banque, nous avons retrouvé, au lendemain des trois derniers meurtres, des virements de sommes importantes à l'attention d'une société dont le siège se trouve aux îles Caïmans…

– … la société XR, fondée par un Français, un certain Xavier Rampeau. Spécialisée dans la sécurité privée et la protection des personnalités, complète Victoire. Façon policée de parler d'une boîte de tueurs à gages.

– Des tueurs à gages ? demande Lachkar. Mais quel est son mobile ?

– Sophie Musso est la créatrice de Sophie la girafe. C'est son idée. Elle est obsédée par cet animal fétiche depuis l'enfance. Sur chaque victime, on a retrouvé la trace d'une forme qui imite parfaitement celles d'un tableau de Yayoi Kusama, une œuvre originale qui se trouve, comme par hasard, au beau milieu de son salon.

– Et sur cette photo, complète Gabriel en pointant un index vers un nouveau cliché, on comprend pourquoi.

L'image sépia remplit tout l'écran. Sophie Musso y apparaît plus en chair qu'elle ne l'est aujourd'hui, ses cheveux ébouriffés tenus par un serre-tête clair. Elle a les traits bien plus affinés, la photo date sans doute des années 80. Elle se trouve sur un court de tennis, des traces de terre battue sur ses chaussettes blanches, collée à la ligne de fond, en pleine réalisation d'un coup droit qu'elle veut certainement puissant ; le regard rivé sur la balle, que l'on devine à quelques centimètres de sa raquette, forme jaune floutée par le mouvement. Elle porte un polo blanc immaculé et une jupe courte qui laisse apparaître ses cuisses, longues, musclées, tendues. Sur le haut de la jambe, à l'intérieur, une tache, qui pourrait passer pour une ombre, mais qui n'en est pas une. Une forme arrondie, un peu plus grande encore que celles retrouvées sur le corps des victimes. Le même trait, la même couleur. La même signature. Une tache de naissance pour elle, une tache de mort pour les autres.

– Très bien, j'en ai assez vu. Convoquez-la, je demande au juge d'instruction une garde à vue immédiatement, ordonne le commissaire.

– Elle a disparu.

– Comment ça ?

– Ce matin, elle ne se trouvait pas au domicile des Musso. Son mari ignore où elle est partie. Il pense qu'elle cherche à rejoindre le Kenya. Elle y dirige une fondation pour la protection des girafes.

Lachkar s'empare de son téléphone fixe et compose rapidement un numéro en appuyant avec trop d'empressement sur les touches. Il se trompe, recommence, une fois, deux fois. La ligne s'enclenche enfin. Une voix de femme le salue poliment, à l'autre bout du fil.

– Passez-moi Mureaux, de la police des frontières, s'il vous plaît. C'est urgent.

– Bien, Monsieur, tout de suite, s'exécute l'assistante.

Après quelques secondes de silence, elle lui annonce qu'il est en ligne.

Un autre jour, Lachkar aurait endossé son rôle de chef d'orchestre, distribuant des ordres, usant de son autorité et du poids de son expérience pour obtenir des autres qu'ils lui obéissent. Il aurait repris l'enquête en main, achevé ce que son équipe avait entamé et glané tous les honneurs. Mais ce temps-là est révolu, il le sait. Il est temps de laisser la place. D'autres doivent gagner leurs galons et diriger ce lieu qu'il a tant aimé. Le commissaire passe le combiné à Victoire et lui dit, dans un sourire paternel :

– À vous de jouer.

Elle s'en empare et prend les choses en main.

– Mureaux, Victoire Miller à l'appareil. J'ai besoin de vous. Le principal suspect de l'affaire Marsault cherche à quitter le pays. Postez des hommes aux comptoirs d'enregistrement des aéroports de la région parisienne et épluchez-moi les registres de tous les vols prévus aujourd'hui et demain, prioritairement à destination du Kenya. Le suspect est une femme,

1 mètre 75, soixante-neuf ans, en bonne condition physique, brune, fine, CSP+. Son nom : Musso. Sophie Musso.

Une fois raccroché, Victoire compose encore quelques numéros. À la manœuvre, elle contacte la DGSI, l'ambassade du Kenya, le ministre de l'Intérieur, le Quai d'Orsay, Interpol, remue ciel et terre pour qu'en à peine quelques minutes, la « mère » de Sophie la girafe devienne la femme la plus recherchée de France. Le temps presse. Elle hésite à faire fuiter l'information dans les médias, mais Lachkar l'en dissuade : cela ternirait l'image de l'un des fleurons de l'industrie française, le président de la République n'apprécierait pas.

Victoire ordonne, Gabriel coordonne. Le bureau se transforme en quartier général de l'un des plus importants coups de filet de l'année. Une ruche où des hommes et femmes de tous âges entrent et sortent, partagent des informations, repartent avec des instructions, crient, se congratulent, s'engueulent, dans une forme d'excitation que l'hôtel de police n'avait plus connue depuis des lustres.

De la dopamine, en grande quantité, transmise à tous par l'enthousiasme et la persévérance d'un bout de femme handicapée.

En retrait, Lachkar et Arik admirent la scène avec le recul que leur offre le poids de l'expérience. Le docteur se tourne vers son ami et lui chuchote à l'oreille :

– J'ai l'impression que tu as trouvé ton successeur, commissaire.

21

SIÈGE 7A

Aéroport de Roissy-Charles-de-Gaulle. 1 364 vols par jour, sur 185 compagnies aériennes différentes. 329 villes desservies dans le monde. Plus de deux millions de passagers traversent ses six terminaux. Dix-huit vols prévus à destination de Nairobi ou Mombasa toutes les vingt-quatre heures.

Terminal 2F, au comptoir d'enregistrement numéro 33, la longue queue des passagers à destination de l'aéroport Jomo-Kenyatta forme un serpentin d'âmes pressées, fatiguées de se tenir debout depuis de longues minutes en attendant leur tour. Au Kenya, la saison sèche a commencé et de nombreuses familles ont choisi d'emmener leurs enfants participer à leur premier safari. Autour des bagages, ça grouille de marmots qui jouent à chat, râlent, courent, tombent, braillent, pleurent et formulent au pied de leurs parents toutes sortes de réclamations urgentes : j'ai faim, j'ai soif, je m'ennuie, c'est long, il n'y a plus de batterie sur mon IPad, quand est-ce qu'on part, quand est-ce qu'on arrive, est-ce qu'on pourra caresser les lions ? La longue ligne des pères et des mères épuisés forme un mur des lamentations ambulant.

Parmi eux, Stéphane et Louise Zarafatan détonent. Tout sourires, ils se tiennent par la main. Leur week-end au ski, si éprouvant, n'est plus qu'un lointain souvenir. Leur petite fille Naomi patiente sagement dans sa poussette en observant les adultes qui l'entourent. Contre sa joue s'est blottie une Sophie la girafe flambant neuve, reçue pour Noël. Bientôt, elle en découvrira des vraies, sa mère le lui a promis, et aussi des hippopotames, des crocodiles, des orangs-outans, des flamants roses et des antilopes. Sous ses paupières closes se bousculent des rêves d'enfant, les plaines du Roi Lion et la jungle de Tarzan. Pour elle, le paradis ne se trouve qu'à huit heures de vol.

Derrière la petite famille, une femme sans âge fixe la petite Naomi, ou plutôt le jouet qu'elle tient dans ses bras. La femme a un regard étrange, des cheveux longs tressés sur son crâne, la tête qui bascule d'un côté puis de l'autre, comme si ses hémisphères droit et gauche jouaient à la balançoire. Ses lèvres bougent toutes seules, elle se chuchote des mots impossibles à déchiffrer et fait craquer les os de ses phalanges maladivement. Elle porte deux valises noires bien trop imposantes pour son modeste gabarit, qu'elle traîne devant elle chaque fois que la queue progresse.

Tandis que Stéphane et Louise discutent – « Tu as bien pris les attestations de vaccination que j'avais posées sur le bureau ? Les passeports sont dans ton sac ? Tu as l'adresse de l'hôtel ? À notre arrivée, on doit changer de la monnaie en shillings kenyans ou ils acceptent les dollars ? –, Sophie Malkowski se penche vers la petite Naomi et lui tend la main :

– C'est une belle girafe que tu as là. Un modèle récent. Comment l'as-tu appelée ?

– Iris. L'autre je l'ai perdue.

À l'évocation du souvenir de son ancien jouet, les lèvres de la petite fille se mettent à trembler et son regard s'embue.

– Ne pleure pas. Tu tombes bien : je travaille justement près d'une gare, dans un bureau qu'on appelle le bureau des objets trouvés. Tu connais ? Là-bas, je conserve tous les objets que les enfants et les grands ont oubliés quelque part. Tu sais, j'en possède 82 345. À quoi ressemblait ton ancienne girafe ?

– Je sais pas. Maman avait écrit mon prénom dessus. Et toi, comment tu t'appelles ?

– Je m'appelle Sophie, comme les girafes. Je connais la tienne. Tu l'as perdue sur le quai 23, le 17 décembre à 7 h du matin. Elle est dans ma valise, avec les 2 299 autres.

– Tu me la rends ?

– Seulement si tu jures d'en prendre soin. Les autres, je dois les ramener chez elles, au Kenya, tu comprends ?

– Promis, promis, promis.

Sophie pose l'une des lourdes valises à terre avec précaution, l'ouvre délicatement et en découvre le contenu : des dizaines de petits sachets en plastique, transparents, entreposés soigneusement de part et d'autre du bagage. Naomi la fixe comme si elle venait d'ouvrir la malle d'un trésor. Dressée dans sa poussette, ses pupilles émerveillées ressemblent à des billes bleues, brillantes. Devant la petite fille, Sophie compte et recompte.

– Naomi est l'avant-dernière, murmure-t-elle, en passant ses doigts sur les bouts de tissu. La voilà !

Elle s'empare d'un petit sachet fermé et le tend à l'enfant. Un genou à terre, la scène ressemble à l'offrande d'un sujet à sa reine, installée dans son trône-poussette.

– Que faites-vous ? demande sur un ton agressif Louise Zarafatan, en remarquant tout d'un coup ce qui se trame dans son dos.

– Rien… je…

– Maman, elle a retrouvé ma girafe ! crie fièrement Naomi en pointant le jouet sous les yeux de sa mère.

– Qu'est-ce que ça veut dire ? Ça ne peut pas être elle. Que faites-vous avec la girafe en plastique de ma fille dans votre bagage ? Chéri, regarde cette femme ! Il faut appeler la sécurité.

Stéphane Zarafatan se retourne d'un coup et jette un regard noir à Sophie Malkowski, genou à terre, apeurée, qui se ronge frénétiquement les ongles en répétant *2299, 2299, 2299, 2299*. À cet instant, un homme la rejoint, une bouteille d'eau et un sac en plastique à la main, dans lequel on devine des journaux et des magazines. Il pose une main sur son épaule et sans avoir besoin de comprendre ce qui s'est joué quelques secondes auparavant, s'adresse aux parents de Naomi sur un ton rassurant :

– Ne vous inquiétez pas, mon amie est inoffensive.

– Que fait-elle avec le jouet que ma fille a perdu il y a quinze jours dans sa valise ?

– Ah, ça… Nous travaillons tous les deux à la préfecture de police, au service des objets trouvés. Ma collègue collectionne les girafes en latex depuis longtemps et récupère celles que personne ne vient réclamer. Ce n'est pas bien, je le lui ai dit. L'affaire Marsault lui a fait comprendre qu'elle devait passer à autre chose. Elle se rend au Kenya pour ça. Elle va faire don de ses jouets à la Giraffe Foundation, afin qu'ils soient offerts à des enfants nécessiteux. Et vous, un safari en préparation ?

Louise pose une main sur l'épaule de son mari et chuchote à son oreille :

– Victoire m'a parlé de cette femme. Elle est folle, mais les flics l'ont disculpée. Elle est innocente.

– Oui, bien, écoutez, n'en parlons plus, reprend le chef de famille. On s'est assez fait remarquer comme ça. Naomi, tout va bien, ma chérie ?

– Oui, papa. Maintenant, j'ai deux girafes ! Iris et Naomi !

– Rends sa Sophie à la dame, s'il te plaît.

– Non, c'est la mienne !

– Elle peut la garder, pas de soucis. C'est la sienne.

– OK, merci. Comment vous appelez-vous ?

– Karim. Karim Aguini.

– Enchanté Karim, sourit le père de famille en tendant la main à son interlocuteur, ravi de clore cet incident sans heurts.

Au comptoir, Madame Jacquemot discute. Elle demande le couloir plutôt que le hublot, la composition du repas végétarien, la météo à Nairobi, une rangée paire, le nom du passager à côté de qui elle passera son vol. Depuis la mort de son mari, la vieille dame n'a plus beaucoup l'occasion de discuter. Alors, elle profite de chaque occasion sans vergogne. Elle raconte à l'hôtesse, sans se préoccuper de savoir si celle-ci l'écoute, son ancienne vie à l'ambassade, les voyages, le protocole, sa rencontre avec Jacques Chirac, « un séducteur », et Bill Clinton, « déjà amateur de cigares », les dîners, le nom des chefs qui se sont succédé en cuisine, le majordome qu'elle a dû renvoyer « parce qu'il volait ses bijoux », le jardinier qui travaille encore sur place, et qu'elle est tout heureuse de retrouver puisqu'elle est invitée, comme chaque année, à la garden-party donnée à l'occasion de la

Saint-Sylvestre par l'ambassadeur qui a succédé à son défunt mari. Elle négocie un surclassement en première, en tant que veuve de diplomate, mais le vol est complet, lui répond l'hôtesse en lui tendant ses billets.

Derrière, les autres passagers s'impatientent. Trois guichets seulement sont ouverts, l'un réservé aux abonnés, l'autre occupé par le personnel navigant pour enregistrer le vol d'un voyageur un peu particulier, un homme noir menotté, escorté de deux agents de la police des frontières. Le prisonnier semble calme, apaisé, comme s'il acceptait son destin avec philosophie. Dans quelques heures, il retrouvera sa femme et ses trois enfants. Voilà plus de huit ans qu'il ne les a pas revus, si ce n'est par écrans interposés. Il a fait son temps en France, envoyé de l'argent pour nourrir sa famille. Il n'ignorait pas qu'un jour la police finirait par l'interpeller. Sans papier, sans attaches, son sort était scellé, joué d'avance. Son emploi d'agent de nettoyage ne change rien à son cas. Payé au noir, sans contrat de travail, toutes ses heures à ramasser les déchets des Français ne pesaient rien dans la balance de la justice. Joseph Lion Okumu se savait condamné à repartir dès le jour où il avait posé le pied à Paris. Il sourit à l'hôtesse, dépitée, qui n'ose soutenir son regard.

Tandis que dans la queue, les passagers assistent impuissants à ce triste spectacle, personne ne remarque une femme discrète qui embarque en utilisant un vieux passeport kenyan à la couverture bleu marine et aux bordures élimées.

Ce vendredi 30 décembre, depuis l'appel de la brigade criminelle, une équipe de cinq policiers des frontières tente de retrouver la trace d'une fugitive au milieu de cette botte de foin qui ne dit pas son nom.

Entassés dans leur bureau dépourvu de chauffage et de fenêtre, situé au premier étage du bâtiment principal, juste derrière les portiques de sécurité, ils analysent un à un les registres de passagers transmis par les compagnies qui n'en ont officiellement pas le droit. Les policiers ont beau s'y mettre à plusieurs, le nom de Sophie Musso n'apparaît nulle part.

Une odeur de fast-food rance empeste des murs grisés par la saleté. Des cartons de pizzas entamés traînent sur les bureaux, des papiers de barre chocolatée, Mars, Sneakers, de grands verres de boissons gazeuses aussi, à côté des piles de dossiers imprimés qui attendent d'être traités : reconduites à la frontière, réseaux d'immigration irrégulière, demandes d'asile politique, trafics en tout genre. Engoncé dans sa chemise d'uniforme trop étroite, le commandant Mureaux transpire à grosses gouttes, mais répond avec entrain aux sollicitations de sa collègue de la brigade criminelle, cette Victoire Miller dont il n'avait jamais entendu parler auparavant, mais dont le minois lui rappelle une de ces trois ex-femmes. Même en visioconférence, sa beauté n'échappe à personne. Mureaux joue les matous dociles.

– Avec mes hommes, nous avons analysé les listes de passagers de tous les vols sortant de l'espace Schengen. Aucune Sophie Musso n'en fait partie.

– Vous avez surveillé les vols de demain, d'après-demain ? demande la jeune femme, frustrée de se sentir si proche du but et ne pas parvenir à le toucher.

– Oui, on a contrôlé les vols de la semaine complète. On a fait chou blanc, commandante. Je suis désolé. Le suspect a pu acheter son billet sous une fausse identité, mais avec notre système de vérification biométrique, c'est du quitte ou double. À part les trafiquants, personne n'emploie ce procédé aujourd'hui.

– Existe-t-il d'autres façons de se rendre au Kenya ?

– Aucune qui ne soit aussi sûre et rapide qu'un vol de ligne. Le Kenya est frontalier avec le Soudan, l'Éthiopie et la Somalie, dont les frontières sont fermées et dangereuses. Les bateaux de croisière ne mouillent quasiment plus au large de Mombasa, à cause des pirates.

Aux côtés de Victoire, Gabriel ferme les yeux et balance lentement son buste en avant et en arrière comme s'il se trouvait sous l'emprise d'une drogue hallucinogène quelconque. Son attitude agace le commissaire Lachkar, qui suspecte le bleu de prier pour que la solution de l'enquête lui tombe du ciel. Dans son bureau. Au-dessous du buste de Marianne, symbole de la République laïque. Sa complicité avec Miller ne lui a pas échappé et, si doué soit-il, il ne comprend pas ce qu'elle lui trouve. Jusqu'à ce qu'il finisse par ouvrir la bouche.

– Je crois que j'ai compris, chuchote-t-il à Victoire en rouvrant les paupières, avant de s'adresser au commandant Mureaux à travers la webcam qui les relie.

– Commandant, combien de Sophie se trouvent sur les vols d'aujourd'hui ?

– Laissez-moi vérifier ça… Nous en avons dix-huit.

– Et si vous circonscrivez ma demande aux vols pour Nairobi et Mombasa ?

– Il n'y a pas de vol pour Mombasa aujourd'hui. Sur les vols pour Nairobi, je compte cinq Sophie.

– Pouvez-vous nous donner leurs noms, s'il vous plaît ?

– Bien entendu. Nous avons Sophie Romon, Sophie Richelieu, Sophie de Baillancourt, Sophie Regnault…

– Regnault, c'est elle.

– Vous êtes sûr ?

– Guillaume Musso nous a raconté que sa femme avait été élevée à l'Institut catholique de Lamu par une bonne sœur, tu te souviens ? dit-il en s'adressant à Victoire.

– Bien sûr !

– Elle s'appelait Françoise Regnault. Son nom est inscrit dans les notes du compte-rendu de notre entrevue.

– C'est la sœur qui a dû déclarer Sophie à l'état civil kenyan lorsqu'elle a été recueillie.

– Vous n'avez pas de chance, son vol a quitté l'espace aérien français, indique le commandant Mureaux.

– On peut contacter la police nationale kenyane pour qu'ils la cueillent à sa sortie de l'avion et nous la renvoient ? demande Gabriel, peu au fait des procédures.

– Le vol ne dure que huit heures. Le temps d'obtenir un mandat international, l'avion aura atterri depuis longtemps.

– On sait où elle va, de toute façon, tranche Victoire. À la Giraffe Foundation. Dès qu'on obtient le mandat, on envoie une brigade sur place.

– Bravo Miller, commente Lachkar. J'appelle le Président immédiatement pour l'informer qu'on touche au but.

22

LA FONDATION

Il est 18 h 25 lorsque le vol KQ115 atterrit sur le tarmac de la piste principale de JKIA. La nuit est tombée sur la ville, mais les températures demeurent élevées. Au-dessus de Nairobi, l'orage gronde. Construit en 1978 à l'initiative du président Jomo Kenyatta, l'aéroport ne s'est pas modernisé au fil du temps. Moderne pour l'époque, l'architecture de l'édifice paraît désormais surannée, désuète. Trop de béton, de lignes agressives. Trop d'angles, pas assez de circularité. Vu du ciel, on croirait un paquebot échoué au sud de la ville.

Les passagers mettent près d'une heure à récupérer leurs bagages. En sous-effectif, le Terminal 1 fonctionne au ralenti. Les poubelles ne sont changées qu'une fois par jour et les effluves des déchets empestent dans les couloirs. Les néons de la salle d'arrivée fonctionnent par intermittence. Les locaux doivent cligner des yeux pour reconnaître les voyageurs qu'ils attendent à la sortie.

Au poste de douane, personne ne contrôle les entrées sur le territoire. La police des frontières locale est trop occupée à vérifier les sorties. Habituée des voyages long-courriers,

Sophie Musso traverse le hall sans encombre. Pas de flic à l'horizon.

À l'étage des départs, au dépose-minute, un 4 × 4 Lincoln noir rutilant stationne discrètement. Adossée à la carrosserie, une femme menue patiente en fumant une cigarette longue et fine. Ses cheveux blonds attachés en chignon et sa tenue sombre et stricte lui donnent un âge qu'elle n'a pas encore atteint. Julie Bouchard travaille pour la Giraffe Foundation depuis moins de dix ans. Elle partage avec sa patronne son attachement pour le Kenya, l'ugali et l'irio kikuyu, les plats typiques du pays, les prières gospel des églises locales et une passion démesurée pour les animaux en général et les girafes en particulier. Ensemble, elles ont noué un lien de confiance qui dépasse le cadre strict des relations professionnelles. Julie est l'œil de Sophie. Elle assure sa présence sur sa terre natale et gère ses affaires, notamment le Centre, qui se situe à une vingtaine de kilomètres de l'aéroport, via la Dima road.

En fin de journée, avec les embouteillages, le trajet peut prendre plus de deux heures. Mais les deux femmes ont tant de choses à se raconter que le temps passe sans qu'elles ne le voient défiler.

Au même moment, dans le centre de Nairobi, quatre véhicules de police roulent à toute blinde dans les rues étroites de la capitale, gyrophares allumés et sirènes hurlantes, en direction du sud, vers le quartier verdoyant de Karen. Le capitaine qui dirige cette opération d'urgence tient entre ses mains un mandat d'arrêt international à l'encontre de Sophie Musso, née Regnault, avec ordre d'extradition immédiat vers la France. Les bolides, des SUV Subaru bleu et jaune, forcent le passage, grillent les feux de signalisation et n'hésitent pas à emprunter des ruelles mal éclairées en sens interdit pour ne pas perdre une minute. Le capitaine veut se trouver sur place lorsque le suspect atteindra les lieux.

Le portail en acier de la fondation est ouvert. Les derniers visiteurs quittent les lieux. Le bâtiment principal a refermé ses portes. Ne reste que le Manoir, petite bâtisse en brique de deux étages, ouverte aux touristes qui souhaitent passer un séjour au plus près des girafes qui vivent dans le parc de cinquante-sept hectares qui les entoure. L'hôtel représente la principale source de revenus de la fondation, qui vient s'ajouter à ceux de la boutique et des généreux dons de la famille Musso. Il compte une dizaine de chambres, avec vue sur la verdure. Du haut de leurs cinq ou six mètres, les girafes n'hésitent pas à s'en approcher et il n'est pas rare de voir leur cou traverser l'embrasure des fenêtres de la salle à manger pour attraper quelques fruits sur les tables à l'aide de leur langue tentaculaire et visqueuse. Lorsque Sophie et Guillaume ont inauguré cet endroit, en 1983, le Kenya ne comptait plus que cent vingt girafes de Rothschild, l'espèce la plus rare de toutes. Aujourd'hui, le Centre en abrite près de trois cents et en remet une dizaine en liberté dans la savane environnante chaque année. Chaque mammifère libéré porte sur lui un bracelet électronique qui permet de suivre sa trace.

Sur la Longato road qui mène au National Park, la Lincoln de Sophie roule finalement plus vite que prévu. Les travailleurs rentrent chez eux et congestionnent la route dans la direction opposée. Les mains sur le volant, Julie raconte le quotidien de la fondation, l'anniversaire de Daisy IV, leur pensionnaire la plus âgée, les jardiniers qui se plaignent de leurs conditions de travail, la traque des braconniers, que ses détectives poursuivent sans relâche jusqu'au fin fond du pays. Sur son téléphone portable, elle lui montre les photos de Nina et Rose, les jumelles mises au monde il y a quelques jours par Daisy III.

– Montre-moi les images en direct, demande Sophie Musso, impatiente comme une grand-mère peut l'être.

Le parc national d'Amboseli est truffé de petites caméras infrarouges accrochées aux branches des acacias afin de veiller sur les girafes. Ainsi, elles sont protégées des chasseurs qui approcheraient de trop près. Les caméras sont reliées à un centre de visionnage situé au sous-sol de la Giraffe foundation, qui diffuse les images en direct sur YouTube. Sur son téléphone portable, Julie possède un accès direct au flux vidéo. En composant son mot de passe, elle se connecte à la zone 8, où se cache une caméra au-dessus du lieu où Daisy III a trouvé refuge pour mettre bas, après quinze mois d'une couvée pénible qui a mis les nerfs des équipes de la fondation à rude épreuve. La naissance de jumelles est un événement rare chez les girafes, il fallait s'assurer que la femelle trouve toujours de quoi se nourrir et puisse se reposer à l'abri de la menace des prédateurs.

Les images infrarouges semblent un peu pixélisées sur l'écran du téléphone. Daisy III, le cou penché vers son bas-ventre, observe l'un de ses petits téter. Du haut de son mètre soixante-dix, le tout jeune girafon n'a aucun mal à atteindre les mamelles de sa mère pour s'abreuver du riche lait qu'elles contiennent. La scène, attendrissante comme un Disney des années 70, fait pourtant froncer les sourcils de Sophie Musso.

– Emmène-moi sur place, ordonne-t-elle.

– Que se passe-t-il ?

– Il y a un problème avec Rose. Elle ne tète pas sa mère.

– En quoi est-ce si grave ?

– Emmène-moi sur place, je te dis.

– Écoute, les employés t'ont préparé une petite fête au Manoir pour ton retour. Ils se sont donné du mal. Ça ne se fait pas de…

– Tu ne comprends pas. La femelle n'a pas de pitié. Si un bébé ne parvient pas à se nourrir par lui-même lors de ses premiers jours de vie, elle l'abandonne, purement et simplement. Il faut aider Rose, c'est une question de vie ou de mort.

– Mais la nuit est tombée. Je ne pourrai jamais trouver de gardes pour nous escorter en si peu de temps. C'est dangereux.

– On connaît le parc comme notre poche, toi et moi. On se trouve à moins de deux heures de route en voiture. On fait juste un petit détour et on revient à la fondation. On fera la fête demain, OK ?

Julie sait qu'elle n'a pas le choix. Elle emprunte la sortie 18 en direction de Mombasa road et accélère pour ne pas perdre de temps. Le pied sur l'accélérateur, elle roule entre les paysages du Sud, invisibles dans l'obscurité, dépasse sans ralentir les villages de Mlolongo, Kirengela, Kisaju, Lianai. La Lincoln longe la frontière avec la Tanzanie pour rejoindre la C103, traverse l'Amboseli Lake pour rejoindre, peu avant 23 h, la réserve.

Pendant ce temps, les forces de l'ordre stationnent aux portes de la fondation, tous gyrophares éteints. Le capitaine a ordonné à ses hommes de se montrer discrets afin d'éviter que l'un des employés n'alerte la suspecte. Le piège tendu, il n'y a plus qu'à attendre qu'elle se jette dans la gueule du loup.

Julie Bouchard se gare à proximité de la zone 8, éteint ses phares et récupère deux lampes de poche à forte portée dans le coffre du véhicule.

– Reste ici, lui demande sa patronne. On n'a pas besoin d'y aller toutes les deux. J'en ai pour quelques minutes.

Sophie s'empare de l'une des lampes, l'allume et s'enfonce sans bruit dans la touffeur de la végétation.

Inquiète, Julie ne peut s'empêcher de prévenir par talkie-walkie les gardes qui se trouvent à proximité et effectuent peut-être leur ronde pas loin. Elle a beau feindre l'indifférence, se retrouver seule dans la savane au milieu de la nuit ne la rassure pas.

– QG demande renfort sur la zone 8, chuchote-t-elle dans le micro.

– On sera sur zone dans quelques minutes, lui répond immédiatement une voix grave et rassurante.

Le ciel couvert masque la lune. Autour de Sophie se forme un écosystème acoustique où se mêlent les croassements des crapauds, le hululement des oiseaux de nuit, le grognement des hippopotames endormis, au loin, et le son aigu des insectes. Comme New York, la savane ne dort jamais vraiment et Sophie n'a aucun mal à retrouver Daisy III, debout, en train de malmener une branche d'acacia pour lui soutirer des feuilles. Sur ses gardes, Sophie balaie la prairie de son faisceau lumineux. Tout près de sa mère, elle aperçoit la petite Nina, les pattes affaissées, tentant tant bien que mal de brouter la verdure qui se trouve à ses pieds. Sophie a du mal à s'habituer à la luminosité et cligne des yeux en cherchant du regard une trace de la présence de Rose, mais rien. Le girafon, qui devrait se trouver tout près, a disparu. Sophie s'approche de la femelle, lui caresse le cou et chuchote doucement :

– Qu'as-tu fait de ta fille, Daisy ?

Pour toute réponse, la femelle lui offre un beuglement sourd et retourne vaquer à son mâchouillement, sans prêter attention à sa visiteuse du soir. Sophie progresse prudemment le long des arbres. La lumière de sa lampe de poche se perd au fond de l'étendue sombre et inhospitalière qui se dresse face à elle. À quelques mètres, elle aperçoit le reflet d'un petit point d'eau, entouré d'arbustes. Au pied de l'un d'entre eux, le girafon s'est couché, seul, affamé, abandonné, comme elle-même l'avait été soixante-huit ans auparavant.

Sophie se précipite vers le jeune mammifère et tente de le soulever, mais l'animal pèse soixante-dix kilos et mesure près de deux mètres. Elle lui parle, tapote sa joue, soulève sa paupière, rien n'y fait. Le girafon se laisse mourir, lentement mais sûrement. Peut-être connaît-il déjà le sort qui lui est réservé ? Sophie, elle, l'ignore. Tout entière absorbée par la mission qu'elle s'est confiée, elle tente de sauver le bébé et ne voit pas, à quelques mètres, les yeux d'une lionne transpercer la nuit. C'est l'heure de la chasse.

Sophie se lève, court jusqu'au point d'eau, joint ses mains pour en récupérer quelques gouttes et rafraîchir le museau de l'animal.

– Rose, lève-toi, répète-t-elle à plusieurs reprises, de plus en plus fort, sourde au bruit des pas du fauve sur la terre, à peine perceptibles.

Désemparée, elle s'empare du talkie que Julie lui a confié et maintient le bouton Push to Talk appuyé :

– Julie, j'ai besoin d'une équipe de toute urgence au point d'eau. Je ne parviens pas à ramener Rose à sa mère. Julie, tu me reçois ?

La radio grésille, le son de l'appareil se mêle à celui, souple, agile, silencieux, du fauve qui bondit sur ses proies.

Sophie l'aperçoit quelques secondes à peine avant qu'il ne surgisse des feuillages. Il est trop tard pour s'enfuir. Dans un réflexe, elle protège le girafon de son corps et sent les crocs de la lionne s'enfoncer dans sa peau. Un hurlement fend la nuit, puis plus rien. Le fauve s'écroule à ses pieds.

Sophie n'entend pas les deux gardes se précipiter vers elle, fusil en bandoulière. Elle n'entend pas les lamentations de Julie, derrière eux.

– C'est trop tard, c'est trop tard, ne cesse-t-elle de crier, horrifiée par la vue du sang qui se répand sur la terre.

Elle n'entend pas les soupirs plaintifs du prédateur, immobilisé en pleine chasse par une fléchette tranquillisante. Elle ne ressent plus rien que la douleur de ces crocs qui l'ont transpercée, la violence de la mâchoire qui l'a déchiquetée, la sensation étrange de n'avoir vécu toute sa vie que pour cet instant-là. Sauver un girafon innocent d'une mort certaine.

Tandis que les gardes pratiquent les premiers secours, épongent l'hémoglobine et tentent de stopper l'hémorragie comme ils le peuvent, Sophie sent son âme s'extraire et s'éloigner de son enveloppe corporelle. Elle se tient debout, à quelques mètres de Julie. Puis, sans prévenir, le sol se dérobe sous ses pieds, elle se voit chuter inéluctablement au fond d'un fossé noir sans fin. Impossible de remonter à la surface. Au-dessus d'elle, le trou se referme et puis plus rien. La nuit engloutit tout.

L'ambulance arrive sur les lieux quelques minutes plus tard. Emporte le corps inanimé sur un brancard.

– Pouls faible, annonce l'un des secouristes à son collègue.

– On fonce, lui répond l'autre en allumant le gyrophare de son véhicule.

Encore sonnée par l'incident, Julie conduit sans réfléchir en direction de la Giraffe Foundation. On ne l'a pas autorisée à accompagner sa patronne aux urgences.

– Juste les membres de la famille, a tonné une voix grave avant de refermer la porte de l'ambulance sous son nez.

Elle doit prévenir les équipes, récupérer quelques affaires, appeler Monsieur Musso. Il demandera certainement des explications : « Pourquoi vous être rendue là-bas en pleine nuit, sans la protection des gardes, pourquoi l'avez-vous laissée seule, pourquoi ne pas avoir attendu que le jour se lève, pourquoi, pourquoi, pourquoi ? » La culpabilité qui lui pèse sur les épaules l'empêchera de mentir, de se défiler, de rejeter la faute sur sa patronne ou de se chercher une excuse. Croyante, elle s'adresse au Ciel en chuchotant, prie pour que Sophie survive, pour ne pas avoir à poursuivre sa vie avec du sang sur les mains. Les larmes ne cessent de couler sur ses joues rougies par l'émotion. L'esprit embrouillé, elle manque écraser un passant au détour d'un feu rouge qui lui a échappé.

Elle ne voit pas. Elle ne voit rien. Certainement pas la brigade de police, planquée aux abords de la fondation, qui lui tombe dessus lorsqu'elle ralentit devant le portail de l'entrée. Deux voitures l'empêchent de reculer. Les lumières bleues et rouges du gyrophare se reflètent dans son rétroviseur, aveuglantes.

– Mains sur le volant ! hurle un flic face à la portière avant, un revolver pointé dans sa direction. Sortez du véhicule sans geste brusque !

Apeurée, Julie s'exécute. Elle lève les bras au ciel, comme dans les films. Comme dans les films, un flic dont elle n'a pas eu le temps de voir le visage la plaque contre le métal froid de sa voiture. Comme dans les films, il lui passe les menottes aux poignets, sans ménagement, sans un mot d'explication. Comme dans les films, elle ne se débat pas. Elle n'a plus la force d'agir, juste de subir.

– Sophie Musso, vous êtes en état d'arrestation…

– Ce n'est pas moi…

– … Vous avez le droit de conserver le silence…

– Ce n'est pas moi, répète la jeune femme. Je suis Julie Bouchard, la directrice de la fondation.

Sa voix tressaute, éraillée par l'émotion.

– Où se trouve-t-elle ? demande celui qui la tient par l'épaule. Où se trouve Sophie Musso ?

– Elle se tourne pour lui faire face. Fixer son regard.

– Où est-elle ? répète la jeune femme. Entre la vie et la mort.

Quelques minutes plus tard, à trois mille kilomètres de là, Gabriel reçoit une notification sur son téléphone portable. Sur Google, il a créé une alerte pour être averti dès que, sur le moteur de recherche, un nouveau contenu est mis en ligne sur un des sujets qu'il a choisis : meurtre, enquête, police, girafe… Il clique sur le lien apparu sur son écran : les images sont obscures, à peine éclairées par la lumière de la lune, filmées d'un point situé en hauteur. Une caméra de surveillance. La vidéo ne dure que quelques secondes. On y voit une lionne se jeter sur un homme ou une femme, qui tient dans ses bras un animal, couché à terre. D'un coup de patte, elle fait basculer le corps sur le dos et enfonce ses crocs au niveau de sa hanche. Malgré l'obscurité, Gabriel reconnaît le visage effrayé de Sophie Musso.

23

MONSIEUR LE PRÉSIDENT

25 mai 2023. Cinq mois plus tard

Face au miroir de sa chambre à coucher, Victoire Miller se prépare consciencieusement. En ce jour si particulier, elle s'est particulièrement apprêtée et a remisé ses jeans et hauts en coton noir pour une longue robe portefeuille à imprimé coloré, simple mais élégante. Peu habituée aux talons hauts, ses pas sont mal assurés et elle a bien du mal à se stabiliser pour poser une dernière touche de maquillage autour de ses yeux. Ses joues se sont quelque peu enrobées ces derniers temps. Ça lui donne meilleure mine. Elle n'a plus besoin d'une surcouche de fond de teint pour reprendre une couleur humaine. Ses cheveux sont lissés et attachés en natte le long de sa nuque. Quand elle se regarde, elle ressemble à un souvenir. Une ancienne version d'elle, disparue il y a des années.

Dans le salon, son père et sa mère patientent et s'impatientent. Costumés eux aussi, ils ont effectué le déplacement de Nice spécialement pour l'occasion. Le vieux Miller a bien du mal à entrer dans ses costumes désormais. Le bouton de sa chemise menace de se détacher dès qu'il s'assoit. Il se trouve engoncé, il a chaud, le parfum de sa femme lui file la nausée, il aimerait en finir au plus vite pour retrouver la baie des Anges et la terrasse de son appartement, dans la vieille ville, face à la mer.

Avant de quitter la chambre, Victoire ouvre le tiroir de sa table de nuit et s'empare d'un objet qu'elle glisse dans son sac à main. Puis elle ouvre la porte et, à sa vue, ses parents oublient tous leurs soucis. Leurs yeux s'embuent de fierté. L'ancien commissaire se lève pour que sa fille puisse s'accrocher à son bras. Sa mère la débarrasse de sa canne et l'embrasse tendrement sur la joue, en faisant attention de ne pas la tacher de rouge à lèvres. Tous les trois, serrés les uns contre les autres, ils descendent au pied de l'immeuble où patientent une berline noire et un chauffeur. Ils s'installent sur la plage arrière. Le conducteur démarre. Victoire lui tape sur l'épaule.

– On est en avance, pourriez-vous faire un détour par la rue d'Hauteville, s'il vous plaît ? J'ai un pli à déposer à quelqu'un. Merci.

Sans un mot, l'homme s'exécute. Le macaron spécial collé sur son pare-brise l'autorise à emprunter les voies de bus et en moins de temps qu'il n'en faut pour l'épeler, le véhicule se trouve à l'adresse indiquée.

– Attendez-moi, j'en ai pour une seconde, demande Victoire en quittant la voiture.

La jeune femme enfonce la lourde porte cochère du numéro 19 et disparaît dans le hall de l'immeuble. Six étages plus haut, elle tape à la porte bleue située sur la droite en sortant de l'ascenseur. La dernière fois qu'elle est venue, dans la nuit, le palier lui avait paru plus étroit. Machinalement, elle s'empare de sa cigarette électronique et tire dessus. Elle ignore si le geste la détend vraiment ou occupe simplement ses mains pour combler le temps perdu qui égrène chaque jour. Toutes ces secondes d'attente, de pause, qui ne servent à rien, dans le métro, dans la queue du supermarché, en filature. *Sur vingt-quatre heures, combien de minutes sont réellement utiles ?* se demande-t-elle lorsque la porte s'entrebâille enfin.

– Que faites-vous ici ? demande Sophie Malkowski, méfiante.

Il est tôt. Sa montre indique 18 h 30. Sophie porte encore son uniforme de travail. Elle s'apprêtait à se rendre au restaurant de sushis, puis au Grand Rex, comme tous les mercredis. La flic va la mettre en retard.

– Je suis venu vous confier ceci.

De son sac à main, Victoire sort une petite boîte en carton. Une boîte qui contient une Sophie la girafe, neuve, jamais sortie de son emballage, la Sophie que son père lui a offerte, il y a sept ans, la Sophie qu'elle destinait à l'enfant de Ben, la Sophie qu'elle conservait comme un mauvais souvenir dans sa table de nuit, un fragment de son passé dont elle refusait de se détacher.

– Je n'ai plus besoin d'elle désormais. Ma girafe sera mieux auprès de vous. Il me faut tourner la page et regarder vers l'avenir.

Victoire écarte son sac à main sur sa hanche et dévoile à Sophie Malkowski un ventre arrondi. L'employée des objets trouvés lui sourit.

– À votre âge, vous avez 83 % de chances d'accoucher d'une fille, lui dit-elle. Dans 77 % des cas, le bébé arrive avant le terme. Les prénoms les plus donnés en 2022 étaient Jade, Emma, Louise et… Sofia.

Les deux femmes se serrent dans les bras.

Quelques minutes plus tard, Victoire est de retour dans la berline de la République, direction l'Élysée. Le protocole n'attend pas. Le chauffeur dépose la famille Miller devant l'imposante grille, au 55, rue du Faubourg Saint-Honoré. Lorsqu'ils pénètrent dans la cour d'honneur, la fierté les submerge, le sentiment de pénétrer dans un lieu chargé d'une histoire qui dépasse la leur. Victoire se demande combien de flics ont foulé ces graviers avant elle, combien de Miller, combien de Niçois, combien de femmes enceintes ? Face à elle se dressent le bâtiment principal et ses ailes. Des gardes immobiles veillent, le regard fixé vers une ligne d'horizon invisible. Sur le perron, l'aide de camp attend Victoire et ses parents en souriant. La plupart des invités patientent déjà dans le jardin d'hiver. Il ne manquait plus qu'eux.

Ancienne serre du palais présidentiel, la grande verrière du jardin d'hiver a été entièrement rénovée en 2018. Le Président la préfère à la salle des fêtes ou au salon Napoléon, plus convenus et ostentatoires. Pavoisée, l'installation éphémère montée par Daniel Buren habille les murs des couleurs du drapeau français et modernise l'espace, avec ses jeux d'ombre et de lumière.

Face à la scène, au fond de la salle, des chaises ont été disposées de part et d'autre d'une allée étroite. Les collègues du commissariat Bourdon ont tous fait le déplacement et forment une colonie joyeuse et bruyante, côté gauche. À droite ont été placés les journalistes, photographes et cameramen des chaînes d'information.

Au premier rang s'est installée Louise Zarafatan, la meilleure amie de Victoire. Deux places libres attendent les parents Miller. Au fond, le docteur Arik a pris place et pioche des chips dans son sac comme s'il se trouvait au cinéma. Devant lui se trouve un vieux Juif religieux, barbe blanche et lisse, costume sombre et élégant, sa femme à ses côtés : Monsieur et Madame Goldman. Le ministre de l'Intérieur et son conseiller spécial, l'ancien commissaire Lachkar, accueillent Victoire chaleureusement et l'invitent à s'asseoir sur scène, à leurs côtés.

– Le Président ne devrait plus tarder, lui souffle ce dernier.

En scrutant l'assistance, la jeune femme cherche machinalement Gabriel du regard, puis se souvient qu'il n'est pas là.

Puis tout s'emballe. Le Président, costume et regard bleu marine, s'approche du pupitre, sourit, son prompteur s'enclenche en même temps que les caméras, les flashs crépitent, et il débite les mots qu'il a écrits avec ses conseillers un peu plus tôt dans la journée :

– Mesdames et Messieurs, nous sommes réunis ce jour pour rendre hommage à la police nationale, à ces hommes et ces femmes qui vouent leur vie à la protection des Français, et particulièrement à l'une d'entre elles, à qui nous allons remettre aujourd'hui la médaille de l'Ordre national du mérite. Je suis honoré de rendre hommage à son courage, son abnégation, son entêtement aussi, soyons honnêtes, afin de rendre justice et de faire triompher la vérité. Madame Miller, je vous prie de vous lever.

Victoire s'exécute, toute la salle à sa suite.

– Je vais tenter de ne pas abîmer votre jolie robe, lui chuchote en souriant le chef de l'État en accrochant la lourde médaille au niveau de sa clavicule.

– Vous pouvez y aller, elle n'est pas à moi, répond Victoire en lui adressant un clin d'œil complice.

– Je vois à votre ventre arrondi que votre vie a changé en quelques mois. Félicitations. Où se trouve le futur père ?

– Il est en voyage. Nous nous marions prochainement à Jérusalem.

– Doubles félicitations dans ce cas. J'attends mon carton d'invitation. Avec ma femme, nous adorons les fêtes.

– C'est noté. Je vous réserve deux places à la table d'honneur.

Le Président bise les joues de la jeune femme et se retire rapidement dans ses bureaux, une horde de conseillers à ses basques. Thierry Lachkar s'avance vers la vedette du jour et lui demande discrètement :

– Des nouvelles de Sophie Musso ?

– Elle se trouve toujours dans le coma, chef.

– Très bien, très bien…

Un instant, le commissaire se perd dans ses pensées, puis il prend Victoire par les épaules et lui dit, droit dans les yeux :

– Vous allez faire une maman formidable. Mais maintenant que vous êtes commissaire, vous n'avez pas un mais cinquante enfants à élever ! Regardez-les se dissiper.

Au fond de la salle, les flics de l'hôtel de police du 4e arrondissement se sont déjà rués vers le buffet où sont servis du vin et des petits-fours à volonté.

Au même moment, à près de six mille kilomètres de là, le jeune Gabriel Goldman s'assoit sur un banc en bois inconfortable. Face à lui, son meilleur ami Harry, qui se fait désormais appeler Ariel. Il y a deux ans, après son mariage, il a décidé de revenir vivre dans la capitale israélienne. Il s'est installé dans le quartier francophone d'Armon-Anatsiv, a abandonné sa carrière d'ingénieur chez Safran pour se consacrer à l'étude talmudique, reprendre son prénom hébraïque et changer de mode de vie.

Même en fin de journée, les deux hommes ont eu un mal fou à trouver une place dans la salle d'étude de la Yeshiva. Près de cinq cents élèves, tous vêtus d'une longue veste noire, d'une chemise blanche et d'une kippa en velours noir, se balancent d'avant en arrière, les yeux fixés sur le livre qui leur fait face, persuadés de décrypter les secrets de l'Univers.

Gabriel n'avait pas remis les pieds ici depuis leur agression, il y a quelques années. La Yeshiva de Poniovitch n'a pas beaucoup changé depuis. Seuls les visages qui les entourent leur sont inconnus. C'est le père de Gabriel qui les a persuadés de retourner sur les lieux avant le mariage qui l'unira à Victoire. « Pour se tourner vers l'avenir, il faut savoir renouer les liens du passé », a-t-il expliqué à son fils.

À l'intérieur, le téléphone portable est interdit. D'ailleurs, la plupart des étudiants n'en possèdent pas et utilisent encore la cabine téléphonique du rez-de-chaussée pour donner des nouvelles à leurs proches. Mais Gabriel a conservé le sien. Il l'a promis à sa future femme, par précaution. Et un flic doit rester joignable tout le temps, promesse tacite contractée par chaque fonctionnaire de police.

Le Rav Meïr Sitruk, qui dirige l'imposante maison d'études, s'installe sur un siège surélevé qui surplombe les élèves. Il ouvre le livre de Talmud qui lui fait face et annonce la page où il s'est arrêté.

– Passouk 44, crie-t-il. Nous allons continuer à étudier les règles de la Cashrout aujourd'hui, mes chers amis. Sont propres à la consommation les mammifères ruminants qui portent un sabot fendu, comme il est écrit : *Tu ne mangeras rien d'abominable. Voici les animaux que vous pourrez manger : le bœuf, le mouton, la chèvre, le cerf, la gazelle, le daim, le bouquetin, l'antilope, l'oryx et la chèvre sauvage. Tout animal qui a le sabot fourchu et fendu en deux ongles et qui rumine.* Parmi eux, ne se trouve pas la girafe. On ne la consomme pas. Qui parmi vous sait pourquoi ?

Tandis que les réponses fusent dans la salle, le téléphone portable de Gabriel se met à vibrer. Discrètement, il le sort de sa poche. Son ami Harry le fixe comme s'il venait d'avaler une tranche de jambon en pleine synagogue. Le policier n'a le temps de retenir que quelques mots du SMS qu'il reçoit : *Meurtre à l'arme blanche. Affaire en cours. Lieu : Sydney, Australie. Note : présence relevée d'un jouet en plastique sur la scène de crime. Sophie la girafe.*

Tome 2
À paraître en septembre 2023
Une marque indélébile

PROLOGUE

Que raconte un tatouage marqué sur sa peau ? Représente-t-il le souvenir d'un lieu, d'un moment, d'une rencontre ? Est-ce un signe d'appartenance, de croyance, la représentation d'un trait de personnalité, une simple coquetterie, la trace d'une mode que l'on croyait éternelle ou la simple joie de porter un dauphin sur son épaule ?

S'il avait eu le choix, quel symbole aurait choisi Gabriel Goldman pour signer son corps ? Un motif tribal ? Un irezumi japonais ? Un portrait ultra-réaliste ou une créature mythologique ? Une pin-up ou une faucheuse ? Un démon ou un dragon ? Une tête de mort comme Staline ou une ancre comme Churchill ? De petits traits parallèles, comme Otzi, le premier homme tatoué découvert sous la glace dans les Alpes italo-autrichiennes ? Un numéro ? Celui de Eli, son grand-père déporté ? Un prénom ? Celui de sa femme, Victoire ? S'il avait eu le choix, qu'aurait-il choisi ?

Gabriel n'est pas le premier homme à s'être fait tatouer contre sa volonté.

En Égypte, à l'Antiquité, les maîtres marquaient leurs esclaves afin qu'ils demeurent reconnaissables en tout lieu, en tout temps.

À Rome, les propriétaires gravaient la première lettre de leur nom de famille entre les deux yeux de leurs vassaux. Le même sort fut plus tard réservé aux voleurs, aux parias, aux déserteurs de l'armée.

Dans la Chine ancienne aussi, le bannissement des criminels dans une province reculée s'accompagnait d'une trace indélébile sur le visage.

Dans le Japon contemporain, les personnes tatouées ne sont pas autorisées à l'arborer dans les piscines municipales. Ce signe distinctif est la marque des Yakusas.

En Russie, le tatouage par la force se déroule entre prisonniers d'un même milieu carcéral, ou au sein d'une même famille. Pour punir le traître, on lui trace sur un endroit visible une image pornographique, le contraignant à la honte.

Chez les Maras du Salvador, on inscrit sur le poignet des assassins le nombre 187, référence à l'article du Code pénal de Californie qui définit les meurtres.

En Allemagne, il y a un demi-siècle, les nazis tatouaient aussi un numéro sur l'avant-bras de leurs prisonniers. Un signe d'identification pour déshumaniser l'individu. Un signe pour le faire disparaître.

S'il avait eu le choix, quel symbole aurait choisi Gabriel Goldman pour signer son corps ? S'il avait eu le choix, Gabriel Goldman n'aurait pas accepté de se faire tatouer…

Victoire et Gabriel remercient :

Le rabbin Meïr Sitruck et son épouse Esther Hanna, le Rav Alain Sénior et son épouse Ruth pour les shabbats merveilleux auxquels vous nous avez invités, Sonia Levy pour son apprentissage dans la confection des hallots de Shabbat, Myriam et Benjamin Brami pour leurs Dafina party !, Raphaël et Elisheva Bohbot pour leur bienveillance à notre égard, la communauté de Flandrin, Michkal Abraham ainsi que la communauté de Maguen David Ahavath Shalom, sans oublier Françoise Altan qui nous a aidé à construire notre couple.

Lionel remercie :

La famille qui m'a élevé, dans tous les sens du terme : mon père et ma mère, qui m'ont répété toute mon enfance que j'étais un garçon spécial. J'ai fini par les croire. Ma sœur, qui n'a cessé de me rappeler que j'étais fou. Elle aussi, j'ai fini par la croire. Mon frère.

La famille qui m'a choisi : Suzanne, Simon, Stéphanie, Jack, Emmanuèle, Julien.

La famille que je me suis bâtie : David, Thomas, Julie, Mike, Samy, Elodie, Gabriel, Stéphane, Sandy, Fred, Olivia.

Les Éclaireuses et Éclaireurs israélites de France que j'ai croisés sur ma route, qui m'ont élevé, choisi, bâti.

La team PLEAD.

Yohan remercie :

Le créateur du monde, merci de continuer à me donner des idées aussi barrées, mes parents, mon frère Axel à qui je ne dis pas assez je t'aime…

Mes petits neveux et nièces : Ava, Noa, Liel, Liv. Daniel et Andrea Lellouche, Leo, Sacha et sans oublier Thor, le cousin à 4 pattes.

La famille de cœur : Laurent et Cynthia Mezrahi, Michael et Caroline Lehiani, Roland Perez, Nikos Aliagas, Charlotte Bouteloup, Isaboum, Lise Daniel Danino, Emilie et Ouriel Goutlieb, Stéphanie Robert, Esther Lise, Hanna Laurence et Patrick Asher Tamsot, Sophie Svene, Nathanyel Attignac, Réouven Aboulker, Bernard Haddad, Caroline Alloul, Esther Sebbane, Eric Guenoun,karen et Douglas Cypel, l'association Girafon bleu…

Lionel et Yohan remercient :
Victoire Le Goaëc, Séverine Dal Molin et Katia Besnard.

Sans oublier Florence Pierron notre éditrice, qui nous a fait totalement confiance sur cette trilogie.

Retrouvez toute l'actualité de Hugo Roman sur notre site www.hugopublishing.fr et sur les réseaux sociaux. @hugopublishing @hugoroman_editions

et toute l'actualité du livre sur Instagram
Yohan_et_lionel_auteurs

Composition et mise en pages
Nord Compo à Villeneuve-d'Ascq

Imprimé en France par
CPI Bussière
en juin 2023
N° d'impression : 2069989